AF206835

Schleudertrauma
gratis

Barbara Erdmann

Schleudertrauma gratis

KopFSchüttelgeSchichteN

diesseits und jenseits der Oder

Bibliografische Information der Deutschen Nationalbibliothek:
Die Deutsche Nationalbibliothek verzeichnet diese Publikation in der
Deutschen Nationalbibliografie; detaillierte bibliografische Daten sind im
Internet über www.dnb.de abrufbar.

Erdmann, Barbara:
Schleudertrauma gratis –
Kopfschüttelgeschichten – diesseits und jenseits der Oder

Lektorat: Christiane Sanders
Satz, Layout, Einbandgestaltung, Fotos: Barbara und Walter Erdmann
Zeichnungen: Friedrich Freiburg (FF), Rönkhausen (S.8)
Franz-Josef Steinhanses, Langenei (S.168)

Herstellung und Verlag:
BoD – Books on Demand, Norderstedt
ISBN 978-3-744815-14-7

Inhaltsverzeichnis

Anweisung für Autofahrer

Wer auf der Autobahn im Bereich von Vorsortierräumen, die durch Aufstellung von fahrstreifengegliederten Vorwegweisern eingerichtet sind, auf der durch eine breite Leitlinie abgetrennten Rechtsabbiegespur an den für den Geradeausverkehr bestimmten Richtungsfahrbahnen befindlichen Fahrzeugkolonnen rechts vorbeifährt, ohne nach rechts abbiegen zu wollen, und anschließend nach links in eine Fahrzeuglücke einschert, überholt rechtswidrig rechts. [Beschluss des Oberlandesgerichts Düsseldorf, 1993]

Anweisung für Leser

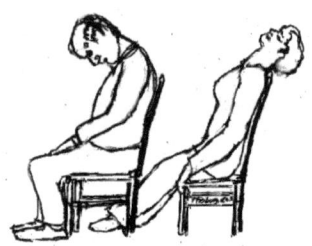

Wer auf der Buchseite im Bereich von Vorsortierräumen, die durch Aufstellung von inhaltsbezogenen Seitenzahlen eingerichtet sind, auf denen durch den geistigen Erwerb von Zahlenreihen der Blick des Lesers durch das Druckende von buchstabenaneinandergereihten Zeilen nicht auf die rechte Schnittfläche des geöffneten Buches, sondern auf die linke gerichtet ist und damit die Textfolge durch die motorische Fehlleistung des Umblätterns den auf der linken Seite des geöffneten Buches befindlichen wortgefüllten Inhalt auf die durch den Blick der vorher fixierten Seite vollzieht, überholt durch das Vertauschen von lechts und rinks seine eigene Vergangenheit.

Vorwort

Die Welt ist kleiner geworden. Eine Stunde in der Luft, um nach Hause zu kommen. Ein Weg, der mich vor 25 Jahren noch elf bis dreizehn Stunden Zug- oder Autofahrt gekostet hat. Und das hatte auch seine Berechtigung, denn diese Fahrt verband damals zwei Systeme, zwei Welten, zwei Realitäten, zwei Gesellschaften, zwei Lebensarten, zwei Kulturen, zwei Historien.

Ich, die Deutsche, reiste zu meinem heutigen Nachbarn, zu dir, dem Polen. Damals noch existierte die Pufferzone einer Deutschen Demokratischen Republik zwischen uns, die dir und mir bewies, was real existierender Sozialismus bedeutete und wie er vorbildlich zu praktizieren war. Aber weder dir noch mir imponierte er, denn ich hatte ihn schon überholt, während du gerade die Spur für deinen Überholvorgang zu bauen begannst.

Heute trennen uns nur noch die Ressentiments und der immer noch ausgiebig getätigte Blick zurück in unsere gemeinsame, schreckliche Vergangenheit. Gedenken wir der Traurigkeiten, aber starten wir auch durch in eine gemeinsame nachbarschaftliche Zukunft!

Meine Geschichten sind die Brotkrumen, die Hänsel in dem uns bekannten Märchen fallen ließ, um den Weg zu markieren und der Gefahr, der Angst und Ungewissheit zu entkommen. Hoffen wir, dass die Vögel satt sind und die

Krumen nicht fressen werden. Aber so oder so – das Märchen ging gut aus, wie wir alle wissen. Lächeln wir also und trauen uns, Erlebtes komisch, lustig, seltsam, lehrreich und interessant zu finden.

Sollten Sie, liebe Leser, beim Kopfschütteln ein Schleudertrauma erleiden, übersende ich Ihnen gern eine Halskrause zur Wiederherstellung Ihrer Stabilität. Ich möchte aber darauf hinweisen, dass das Lesen mit Halskrause Sie stark in Ihrer Freiheit und Beweglichkeit einschränken wird. Deshalb rate ich Ihnen, lieber ein Schleudertrauma zu riskieren, das Ihnen keine bleibenden Schäden verursachen wird, wenn Sie den Lesevorgang in bequemer und entspannter Lage und in gelassener und freudiger Erwartung durchführen.

Sitzen Sie also bequem? Dann bitte im Folgenden mein „Schleudertrauma gratis".

Kein Märchen

Man schrieb das Jahr 1967, als der große Westen sich auf die Reise begab zum kleinen Osten. Voll bepackt und in ängstliche Erwartung gehüllt nahm der große Westen das Abenteuer auf sich, das winzige Loch eines eisernen Vorhangs zu suchen, welcher bisher mit seiner Undurchdringlichkeit und metallenen Kälte dafür gesorgt hatte, dass beide zwar nebeneinander existierten, allerdings nichts voneinander wussten. Nach einer langen beschwerlichen Reise voller Hindernisse erblickte der große Westen schließlich und endlich zum ersten Mal den kleinen Osten. Dieser geriet augenblicklich in große Entzückung über die Schönheit, Größe und Anmut seines Gegenübers, welches er zunächst lange bestaunte, sich dann aber zu ängstigen begann und letztlich ein Gefühl von Minderwertigkeit verspürte, das ihn traurig machte. Noch trauriger wurde der kleine Osten aber, als er sah, was der große Westen ihm alles mitgebracht hatte. Da gab es Kaffee, Schokolade, Kaugummi, Gardinen, Unterröcke, Perlonstrümpfe, Oberhemden, Krawatten, Schuhe, Stoffe, Bier und Cola, und all das als Geschenk ohne besonderen Anlass. Natürlich meinte es der große Westen nur gut und hatte sich nichts Böses dabei gedacht, als er den kleinen Osten mit seinen kapitalen Geschenken zu überhäufen begann. Und so dauerte es nicht lange, bis sich der Bewunderung, die der kleine Osten für den großen Westen empfand, auch eine gewisse Ablehnung beimischte, denn wie klein musste sich der kleine Osten in Anbetracht der Größe des großen Westens fühlen? Und während dem kleinen Osten nichts anderes übrig blieb, als sich auf seine ihm eigene Gastfreundschaft zu besinnen und diesbezüglich tätig zu werden, geriet der große Westen in einen Taumel von Gefühlen, die er nie gekannt hatte. Er begann, sich wohl zu fühlen, sich zu freuen, zu staunen, zu atmen, ja zu tanzen und zu singen. Und während er weiter seine Geschenke verteilte, nahm ihn der kleine Osten an die Hand, um ihm das Wenige zu zeigen, das er zu bieten hatte. Und da er das Wenige so sehr liebte, verstand er es, sein Herz und seine Seele gleich mit zu offenbaren – und es dauerte nicht lange, bis der große Westen begann, die Welt des kleinen Ostens so zu betrachten, als hätte ihm der kleine Osten seine Augen geliehen. Es tat sich dem großen Westen eine fremde, faszinierende Welt auf, nach der er zwar schon lange gesucht, die er aber noch nirgendwo gefunden hatte. Diese Welt war voller Nähe, Menschlichkeit und Gastfreundschaft, voller urwüchsiger Natur, abwechslungsreicher Landschaften.

Beide – der kleine Osten und der große Westen – kamen sich ein wenig näher und entwickelten ein erstes Verständnis für ihre Andersartigkeit.

Jahre vergingen, in denen sich beide immer wieder trafen und allmählich immer mehr voneinander lernten. Der kleine Osten überwand seinen Stolz, legte sein Gefühl der Unterlegenheit mehr und mehr ab und sah es nicht mehr als Schwäche an, an den reichhaltigen Gütern seines Gastes mit teilzuhaben. Der große Westen nahm dafür die Werte dankbar entgegen, die er bei sich zu Hause nur noch materiell verfremdet und überzüchtet finden konnte. So profitierten beide voneinander in einer Form, die den kleinen Osten etwas wachsen und den großen Westen ein wenig schrumpfen ließ. Und als der Tag im Jahre 1989 kam, an dem der eiserne Vorhang endlich vollständig geschmolzen war, keimte auch menschlich die Hoffnung auf, dass sich der größer gewordene kleine Osten und der kleiner gewordene große Westen endlich frei von allen Bedenken und Hemmungen begegnen könnten. Doch selbst heute, nachdem aus dem kleinen Osten ein recht großer wurde und der große Westen an Glanz und Größe so viel verlor wie nie zuvor, kann der ehemals kleine Osten seine Vorsicht und Skepsis gegenüber seinem neuen Nachbarn nicht ablegen.

Wann werden sich beide endlich auf gleicher Augenhöhe begegnen, sich die Hand reichen und ein solches Feuer entfachen, dass das letzte Eis zwischen ihnen endlich zu schmelzen beginnt und Wärme und Nähe Platz nehmen zwischen dem dann großen Osten und dem dann kleinen Westen?

Reise in eine mir fremde Welt

Nun stand der Zug schon 40 Minuten in Berlin-Ost. Als wir in den Bahnhof einfuhren, wurden wir von etlichen Uniformierten begrüßt, die mit Gewehren über den Schultern alle zehn bis zwanzig Meter auf dem gesamten Bahnhof Aufstellung genommen hatten. Augenblicklich trat in unserem Abteil vollständige Ruhe ein. Gefühle wie Angst, Erwartung, aber auch Entrüstung und Hilflosigkeit bemächtigten sich der Fahrgäste. Ich fragte mich, was wohl die Kriegsgenerationen, also Eltern und Großeltern in Anbetracht dieser Situation 22 Jahre nach Beendigung des Krieges für Empfindungen haben mussten. Ihre Blicke sprachen Bände, doch eine Bemerkung machte niemand. Ich begann allmählich zu verstehen, warum jeder in unserer Familie so von unseren polnischen Verwandten sprach, als lägen tausende von Kilometern zwischen uns. Jeder dieser bewaffneten Soldaten war ein Tausend-Kilometer-Meilenstein zwischen Menschen, die zueinander gehörten.

Soldatenstiefel brachten in diesem Moment den gesamten Zug zum Vibrieren. Abteiltüren wurden kraftvoll aufgerissen, Stimmen ertönten: „Sie befinden sich in der Deutschen Demokratischen Republik. Gepäckkontrolle! Wem gehört dieser Koffer? Öffnen Sie ihn!" Kein freundliches „Bitte", kein „Guten Tag", kein Lächeln begleitete die Sprache dieser Menschen. Alles war auf

Machtausübung hin ausgerichtet, Menschlichkeit und Nähe schienen verboten zu sein. Die Reaktion der Fahrgäste, auch unsere, kann ich nur als gehorsames, zurückhaltendes Dienen bezeichnen und ich erlebte an mir zum ersten Mal eine Form der Anpassung an Befehle, die mir bis dahin fremd war.

Auch wir entkamen nicht der Kofferkontrolle, die von zwei jungen männlichen Beamten sehr oberflächlich durchgeführt wurde. Die gut sortierten Kleiderstapel wurden kurz durchgeblättert, die Ecken befühlt und der Koffer mit einer Geste der Unwilligkeit und Erfolglosigkeit zugeklappt. Nachdem sich die Armee der Kontrolleure allmählich zurückgezogen hatte, waren alle Insassen der Zugabteile irgendwie damit beschäftigt, ihre in Unordnung geratenen Habseligkeiten wieder zu sortieren. Hilfreich wäre es gewesen, wenn jeder dabei gleichzeitig seine in Unordnung geratenen Gefühle und Gedanken hätte mitsortieren können.

Nach 65 Minuten Aufenthalt zum Zwecke der Machtvorführung setzte sich der Zug nun endlich wieder in Bewegung, um seine Reisenden in verlangsamter Fahrt durch die Deutsche Demokratische Republik zu bringen. Die Schienenqualität war deutlich anders, es hoppelte und rüttelte intensiver und das Fahrgeräusch erforderte eine lautere Stimme im Gespräch. Rote Plakate an Wänden, Brücken und Pfeiler mit Aufschriften wie „Der produktive Mensch im Sozialismus" und „Freiheit im Sozialismus" waren die einzigen Farbkleckse zwischen den grauen Häusern des Sozialismus.

Nach der Kofferkontrolle und dem endlosen Grenzaufenthalt in Berlin-Ost hatte man uns eine Stunde Ruhe gegönnt, die wir alle auch brauchten, um das Erlebte zu verarbeiten. Bis zur polnischen Grenze standen uns noch acht weitere Kontrollen bevor, deren Sinn oder Unsinn ich schon aus Zeitmangel gar nicht erfassen konnte. Pässe,

15

Fahrkarten, Platzkarten, mitgeführtes Geld, Zugabteil, Fragen nach Gewehren und Munition, zu verzollende Gegenstände, usw. usw. verringerten allmählich den Abstand zwischen unseren polnischen Verwandten und uns. Erst in Polen kehrte Ruhe ein in diese unruhige Zugreise. Jeder lehnte sich endlich auf seinem Platz zurück vor Erschöpfung von all den unfassbaren Erlebnissen der letzten Stunden.

Polen war nicht grau – es war schwarz, denn es war Nacht geworden. Jetzt wurde mir klar, warum eine 800 km lange Zugreise dreizehn Stunden dauern musste. Diese Frage hatte mir nämlich bisher niemand beantworten können.

Um 0.20 Uhr setzten wir endlich unsere müden Füße auf polnische Erde.

Die Weichenstellung

Jeder ist seines Glückes Schmied. Wie man sich bettet, so liegt man – Sprichwörter, deren Sinn für den Realisten eine Bedeutung haben. Der Pessimist wird wenig damit anfangen können, weil seine Aktivität gefordert ist und er doch eher den Hang hat, das Schicksal zu bemühen und diesem die Verantwortung zu übertragen. Und dieses Schicksal wird ihm eher übel mitspielen, es schlecht mit ihm meinen und ganz gleich, was er auch anstellt … an Glück kann und will er nicht glauben.

Derartige Sprichwörter kannte ich, hielt sie für wahr, jedoch nicht für allzu bemerkenswert. Mein Sprichwort, das mir eine Richtung wies, hatte illusionären Charakter und wird aus diesem Grunde vielfach überlesen oder als Spinnerei abgetan. „Träume nicht dein Leben, sondern lebe deine Träume." In den Zeiten meines jungen Lebens hätte ich schon gerne mit der Realisierung begonnen, leider kam ich aber über den ersten Teil der Aussage nicht hinaus, im Gegenteil – Träume zerplatzten wie Seifenblasen und hinterließen Flecken auf der Seele, für die noch kein Waschpulver erfunden war und die sich im Verlauf meines weiteren Lebens immer wieder als Schönheitsfehler auf meiner Seele bemerkbar machten. Mit aller Kraft versuchte ich dennoch, einzelne Träume zu leben. Ich verliebte mich, bekam zwei süße Kinder, zog in das Haus meiner Träume, stand musikalisch auf den Konzertbühnen, begann mit meiner literarischen Arbeit, gebar zusätzlich zu meinen lebenden Kindern noch weitere in Form von Büchern und reformierte gegen alle Widerstände das verstaubte Lehrerdasein.

Als meine ältere Tochter allerdings ihren 18. Geburtstag erreichte und mir in einer Kriegserklärung mitteilte, dass sie genau jetzt und heute beginnen würde, nur und ausschließlich ihre Träume leben zu wollen und dies auch umgehend tat, geriet meine sehr geordnete Welt enorm ins Wanken – und zum ersten Mal nach Jahren begann ich daran zu zweifeln, dass das, was ich bisher gelebt hatte, wirklich meine Träume waren.

Eine Reise nach Polen, wie ich sie immer wieder mal unternahm, um Verwandte und Freunde zu besuchen, verstellte im wahrsten Sinne des Wortes meine Lebensweiche. Ohne Auto war ich wie immer auf öffentliche Verkehrsmittel angewiesen und saß zufälligerweise im ersten Wagen einer Straßenbahn zwei Sitzreihen hinter dem Fahrer. Jede meiner Straßenbahnfahrten diente meiner Entspannung und dem Nachdenken über Gott, die Welt und mein Leben. Ein Stopp mitten auf einer verkehrsreichen Straße in Posen weckte mich aus meinen Tagträumen. Das Aussteigen des Straßenbahnfahrers mit einer Eisenstange in seiner Hand holte mich vollständig in die Realität zurück. Es dauerte einen Moment, bis ich begriff, was vor sich ging. Manuell legte der Fahrer vor seiner Bahn eine Weiche um, stieg wieder ein, hängte die Stange zurück in eine eigens dafür vorgesehene Halterung, nahm seinen Platz wieder ein und fuhr seiner Wege.

Diese Beobachtung einer für die Polen alltäglichen Aktion erwies sich für mich als Wink des Schicksals. Sie gab den Anstoß dazu, meine Lebensbahn mitten auf der verkehrsreichen Straße anzuhalten, um auch meine Weiche umzustellen.

Mir war augenblicklich klar, dass dieser Moment mein Leben verändern würde. So einfach, wie der Straßenbahnfahrer seine Weiche umlegte, gelang mir die Weichenverstellung nicht. Was er täglich mehrmals tat, sorgte dafür, dass seine Weiche leicht gängig und mit einem einzigen Handgriff zu verstellen war. Meine Weiche hatte fünfzig Jahre auf eine eventuelle Betätigung gewartet, Gras, Moos und Unkraut waren darüber gewachsen und sie hatte Rost angesetzt. Es waren viele Handgriffe, Werkzeuge und Arbeitsstunden erforderlich, um sie in Bewegung zu versetzen. Ich habe es geschafft. Heute reichen ab und zu einige Tropfen Öl. Dabei handelt es sich nicht um stinkendes Motoröl, sondern um das ätherische Öl einer Duftlampe, die dort steht, wo ich begann, meine Träume zu leben.

Wellen in Gelb und Blau

Meine Möglichkeiten, Urlaube am Meer zu verbringen, waren im Laufe meiner sich inzwischen beeilenden Jahre auf Null geschrumpft. Natürlich hatte es Planungen und Durchführungen dieser Art gegeben – sie waren allerdings immer eher erfolglos verlaufen. Irgendwie wollte sich die Nordsee nicht mit mir anfreunden.

Da wir damals als Familie mit Kindern auf die Schulferien angewiesen waren, konnte von einem individuellen Besuch am Meer nie die Rede sein. Massen von Menschen waren unterwegs, um Sonne zu tanken und dem Meer zu begegnen. Wollte man dem Meer auch mal allein seine Aufwartung machen und es eine Zeitlang für sich beanspruchen, musste man auf einen kalten, ungemütlichen Regentag warten. Während zu der Zeit Geschäfte und Restaurants aus den Nähten platzten, gab es die Chance, mit Gummistiefeln, Regenmantel, Hut oder Schirm seine Berührung mit dem Meer zu intensivieren. Am nachhaltigsten erinnere ich mich an einen Ankunftstag, an dem wir mit unseren noch kleinen Kindern enttäuscht dort standen, wo sonst das Meer ist. Aber dieses hatte es vorgezogen, sich mal wieder aus dem Trubel der Touristen zurückzuziehen, um nicht zu sagen: Es hatte sich buchstäblich aus dem Staub oder Sand gemacht. Und so ebbte und flutete nicht nur das

Meer alle sechs Stunden, sondern auch die menschliche Urlauberwelle im gleichen Rhythmus. Kam das Meer, so kam auch die Urlauberwelle, verzog es sich, verzogen sich auch die Touristen. Diese allerdings blieben stets in der Nähe, um auch dann anwesend zu sein, wenn der Wecker des Meeres mal nicht funktionierte und das Meer überraschend früher kam. So zumindest sah es aus, wenn die Menschen ihren scheinbaren Kontrollblick immer wieder in Richtung Wasser tätigten.

Erst im fortgeschrittenen Alter entdeckte ich meine große Liebe wieder. Sie hieß Bałtyk, zu Deutsch baltisches Meer oder gebräuchlicher auch Ostsee und schien auf Anhieb meine Liebe erwidern zu wollen. Schon auf meinem ersten Weg zu ihr erlebte ich einen Sinnentanz, zu dem mich das in Gelb getauchte Land aufforderte. Riesige, unzählige, blühende Rapsfelder hatten scheinbar extra für mich ihren Wellentanz einstudiert, der mich in Begleitung des Windes wie die Wogen des Meeres in ein Auf und Ab hüllte, was Augen- und Duftschmaus zugleich war. Ich begriff zum ersten Mal, warum ich schon immer die Farbe Gelb zu einer meiner Lieblingsfarben erkoren hatte. Sie bedeutete mir Wärme, Sonne, Licht, Strahlen und entzündete hier und jetzt die Glut eines überwältigten Herzens. Dieses Land war einfach berauschend Anfang Mai und ich war mir nicht sicher, ob ich überhaupt das gelbe Meer gegen das blaue eintauschen wollte. Doch die Fahrt ging weiter. Ich ließ das Fenster einen Spalt weit geöffnet, denn ich wusste, dass der Wind mir den Duft des süßen Rapses gönnen würde. Und so war es. Noch nie hatte ich eine Autofahrt derart genossen. Ich war beinahe traurig, als sie endete, weil ich am Meer angekommen war. Dazu bestand allerdings kein Grund. Der Himmel war blau, das Meer war blau, der Sand fast weiß und die wenigen Menschen, die sich am Strand aufhielten, störten meinen Blick in keiner Weise.

Wann hatte ich in meinem Leben zum letzten Mal eine solche Freude, ja sogar Glück empfunden? Und das sollte noch steigerbar sein? Und wirklich – das war es! In meinem Urlaubsdomizil hing nämlich ein Zeitplan der täglichen Sonnenuntergänge. Selbstverständlich war ich pünktlich am Abend dort. Und es glühte nicht nur die Sonne am Horizont und berührte das Meer – es glühten auch meine Sinne und berührten meine Seele. Still stand ich, voller Ehrfurcht und Ergriffenheit, lauschte der Melodie der Wellen zum Schauspiel des Lichts.

Mit gesenktem Kopf und einer sich heranschleichenden Traurigkeit verließ ich diesen magischen Ort. Ich weiß nicht, warum ich ausgerechnet jetzt diesen Gedanken fasste, dass die Sonne mir als Symbol der Liebe erschien. Es ergriff mich wohl mal wieder die Sentimentalität über eine selbst erlebte untergegangene große Liebe.

Wenn auch beide – die Sonne wie die Liebe – die wichtigsten Begleiter des Menschen auf seinem Weg durchs Leben sind, so unterscheiden sie sich doch enorm voneinander in ihrer Beständigkeit. Eine untergegangene Liebe wird – so lange der Mensch auch auf ein Wunder wartet – nie wieder aufgehen. Wie trostvoll dahingegen die Sonne!

Geschenk mit Hindernissen

Ich hatte diese Reise zum Meer als Geburtstagsgeschenk bekommen. Und heute, am 1. Mai, war der Tag der Einlösung. Das Haus war uns bekannt, die Gastgeber ebenfalls – und selbst die Zimmer waren die vom letzten Mal. Mit ihrer Wahl war wahrscheinlich so etwas wie Sentimentalität verbunden. Die Ankunft sowie die erste Nacht bescherten uns schlechtes Wetter und wir befürchteten, dass uns das Glück, das uns bei unseren Reisen in Form herrlichen Wetters stets begleitet hatte, verlassen würde.

Die Nacht dauerte länger, das morgendliche Frühstück zog sich dahin. Aber schließlich hatten wir ja Urlaub, alle Zeit der Welt also und – schlechtes Wetter. Ein später Gang auf den Balkon belehrte uns allerdings eines Besseren. Leute waren unterwegs zum Meer. Das erkannte man an ihrem Gepäck wie Wolldecke, Windschutz, an Kindern mit Schüppchen und Eimer in ihren Händen. Zwar trugen alle Jacken, Hüte und was man sonst noch gegen Kälte und Regen trägt. Ihre Entschlossenheit, das Meer zu erobern, war ihnen trotz allem ins Gesicht geschrieben. Mein Begleiter war skeptisch, ließ sich aber dennoch nach nicht allzu langen Versuchen dazu überreden, einen ebensolchen Meerbesuch zu starten.

Nun muss man allerdings bedenken, dass eine derartige Planung im fortgeschrittenen Alter nicht ohne Tücken, Hindernisse und Einschränkungen abläuft. Ich hatte am Abend zuvor wegen andersartiger Ernährung eine Abführtablette genommen. Mein Begleiter hatte seinen Darm dahingehend erzogen, sich nach dem Frühstück selbstständig zu melden. So wurde zwecks unbedingt notwendiger Darmentleerung seinerseits eine Zeitung aufgeschlagen, meinerseits wurden mehrere Rundgänge ums Haus unternommen. Nichts wäre schlimmer, als bei Wind und Kälte am Strand einen passenden einsamen Ort suchen zu müssen und mit schon herabgelassenen Hosen hinter dem vom Winde verwehten Toilettenpapier herzulaufen.

Die Wartezeit der älteren Herrschaften dauerte bis elf Uhr, dann konnte endlich die Eroberung von Strand und Meer in Angriff genommen werden. In Bermudas und T-Shirts, bepackt mit einer nicht gerade kleinen Tasche und dem sperrigen Paravent, machten wir uns – nicht wissend, ob wir uns dort den Tod holen würden – auf den Weg zum Meer. Der Wind pfiff uns kühl um die Beine, und wie wir am Meer feststellen konnten, auch mit ziemlicher Heftigkeit in die dort vielfach aufgestellten Paravents. Als wir barfuß durch den weißen Sand stapften, um einen Platz für die Sonnenanbetung zu suchen, spürten wir selbst an unseren entferntesten Körperstellen nur eine unangenehme Kühle. Aber niemand fasste sie in Worte, sondern jeder von uns ertrug sie stillschweigend. Ein erster Rundblick über Wasser und Leute setzte uns in Erstaunen. Wir waren hier auf völlig anders aussehende Menschen gestoßen: „Schwarzafrikaner" hatten sich hier niedergelassen. Auch einige „Indianer" trafen wir an.

Es erwies sich als äußerst schwierig, unseren Windschutz gegen die Kraft des Windes aufzustellen. Wir gaben alles, erst nach einiger Anstrengung war auch das geschafft und wir konnten uns endlich nach überstandenem

Hindernisrennen auf der Wolldecke ausbreiten und mit der Sonnenanbetung beginnen. Den Startschuss dazu erteilte mein Partner, indem er uns als neue Rasse am Strand mit folgenden Worten kommentierte: „Zwei Schneemänner am Strand."

Nicht angekommen

Die Befürchtung meiner Großmutter war berechtigt. Sie hatte das Telegramm, das sie ihrer Schwester in Polen geschickt hatte, mit falscher Adresse versehen. „Wie komme ich bloß auf ulica królowa?", fragte sie uns zum wiederholten Male, ohne wirklich eine Antwort zu erwarten. Die richtige Straße wäre Wiślana gewesen, aber dieses Wissen half uns mitten in der Nacht auf dem Posener Bahnhof ja nun auch nicht weiter. Großmutter, die der polnischen Sprache durch ihren gerade verstorbenen Mann und ihre mehrjährigen Aufenthalte bei ihren Großeltern in Polen mächtig war, heuerte einen Taxifahrer an. Der stand nur hilflos vor unserem Gepäck und schien meine Groß-mutter zu fragen, wie sie sich den Transport in einem einzigen Taxi wohl vorstellte. Wenige Sätze wurden noch hin und her gewechselt, dann packte er den Kofferraum seines Autos voll, ließ uns drei Frauen hinten einsteigen und belud dann uns mit den restlichen Gepäckstücken. Polen war schwarz, als wir einreisten, es war schwarz, als wir aus dem Zug stiegen, und es sollte auch jetzt schwarz bleiben, denn die Koffermauer auf unseren Knien erlaubte wirklich keinen einzigen Blick auf die Straße. Eine solche Fahrt durch eine Großstadt wäre in Deutschland undenkbar gewesen, denn nach wenigen Metern hätte uns eine Polizeistreife an unserer Weiterfahrt gehindert. Außerdem

wäre kein Taxifahrer bereit gewesen, vier Personen, drei Koffer und zwei riesige Reisetaschen in seinem Auto zu befördern. „Wie hast du das denn hingekriegt?" fragte ich leise meine Großmutter. „Ich habe ihm erzählt, was uns mit dem Telegramm und der falschen Adresse passiert ist und ihm versprochen, dass es sein Schaden nicht sein soll", antwortete mir Oma, die mit ihren 63 Jahren hier plötzlich nicht mehr wirkte wie eine trauernde Witwe. Trotz ihrer in Schwarz gehüllten, korpulenten, etwas klein geratenen Figur schien sie mir hier wie verändert, aktiv, freudig erregt und durchaus imstande, die wirklich peinliche Situation zu meistern. Mit der Anwendung der polnischen Sprache erhielt Großmutter für mich eine andere Persönlichkeit. Sie hatte ihren häuslichen Arbeitskittel abgelegt und war in die Rolle einer Frau geschlüpft, für die es kein unlösbares Problem gab. Sie war willens, das wirkliche Leben außerhalb ihrer vier Wände anzupacken und sie tat dies mit einer Leichtigkeit, die mich in Erstaunen versetzte. Tatkräftig, willensstark und entscheidungsfreudig war sie schon immer gewesen, diese Eigenschaften paarten sich allerdings immer mit Rücksichtnahme, Ängstlichkeit und Harmoniebedürfnis. Letztere waren ihr die wichtigeren, die sie hier aber erstaunlicherweise nicht zur Anwendung brachte. Und so sollte ich in diesem Land ihrer Väter vieles an ihr und an uns bemerken und kennenlernen, was bis zu der Zeit im Verborgenen geschlummert hatte. Dieses Polen sollte der Ort werden, an dem ich Lernerfahrungen ungeahnter Dimensionen machen würde.

Im Augenblick aber störten mich nur dieser verrückte Koffer auf meinem Schoß und die Fahrweise des Lenkradbesitzers, durch den wir auf dem Rücksitz hin und her geschleudert wurden. Unsere Nerven lagen blank nach 13 Stunden Zugfahrt und eine bleierne Müdigkeit kroch merkbar durch alle Körperzonen, hängte sich sogar schon an meine Augenlider.

Endlich hielten wir, mussten uns aber noch in Geduld fassen, denn ohne fremde Hilfe war ans Aussteigen ja nicht zu denken. Oma hatte meinem Vater unterwegs den Auftrag erteilt, dem Fahrer das Doppelte des Preises zu geben, und da Vater als einziger die Hände frei hatte, erledigte er die Bezahlung. Da er es allerdings zum ersten Mal mit der polnischen Währung zu tun bekam, dauerte die Rechnerei dort vorne Stunden. Meine Beine waren vom Gewicht des schweren Koffers inzwischen abgestorben und ich befürchtete, aus diesem Auto nicht mehr herauszukommen. Nach Jahren – so kam es uns allen wohl vor – wurde dann doch noch die Hintertür geöffnet, die Gepäckstücke herausgehoben. Mühsam quälten wir uns aus dem Auto – das, was ich sah, war nichts. Alles um mich herum dunkel, schwarz und leblos – keine Lichter, keine Farben, keine Menschen. Das Taxi fuhr davon – übrig blieben vier Menschen mit ihren lästigen und sinnlosen Gepäckstücken im Zentrum eines schwarzen Nichts.

Unsere Erstarrung dauerte nur einen Moment, denn Oma war schon an der Tür eines Hauses, das durch ein Tor erreichbar war. Aber dort richtete sie nichts aus, denn ihre Schwester öffnete nicht. Dafür hatten das Taxi, seine Entladung und Omas Klopfaktionen dazu geführt, dass sich eine Nachbarwohnung erhellte, ein Fenster geöffnet wurde und ein unfrisierter Frauenkopf mit uns Kontakt aufnahm. Tante Maria sei bei ihrer Cousine auf dem Lande, der Schlüssel der Wohnung bei Frau Kujawiak und die wohne schräg gegenüber. Hätte es eigentlich noch schlimmer kommen können? Ja, schon, aber nicht für eine Frau wie sie Großmutter hier darstellte. In Windeseile entschwand sie und kam nach etwa zehn Minuten mit dem Wohnungsschlüssel zurück. Kaum jedoch hatten wir unser Gepäck in der Wohnung abgestellt, klopfte es auch schon an der Tür und eine ältere Frau betrat mit Tüten und Taschen bepackt den Raum. Eine Begrüßung in fremder Sprache, dann eine längere Unterhaltung mit Oma, während sie auf dem Tisch in der Küche Lebensmittel aller Art ausbreitete und anordnete. Eier, Wurst, Butter, Brot, Obst, Tomaten und was sonst noch einen Frühstückstisch bereichern konnte, stand parat, als sie den Raum wieder verließ. Und von Oma erfuhren wir, dass selbst unser Mittagessen um 14 Uhr gesichert war und im Hause Kujawiaks stattfand. Das Erste, was ich also in Polen erfahren durfte, war die wunderbare Gastfreundschaft, mit der uns nicht nur Familienangehörige, sondern auch uns bis dahin fremde Menschen beglückten.

Zwar war Großmutters Telegramm nicht angekommen – ich aber war damals schon in meinem zweiten Zuhause angekommen.

Zwischen Bratpfanne
und Milchkanne

Die Deutsche Demokratische Republik hatten wir im Schneckentempo durchfahren und standen endlich vor der deutsch-polnischen Grenze. Es war abenteuerlich, die uns bekannten 800 Kilometer bis Posen nicht wie sonst mit dem Zug, sondern das erste Mal mit dem Auto zurückzulegen. Ich hatte mein Abitur bestanden, den Führerschein gemacht und mich statt eines Polnischstudiums an der Universität „Nirgendwo" für ein Pädagogikstudium an der Uni Essen entschieden und eingeschrieben. Jetzt freute ich mich erst einmal auf vier sommerliche Wochen bei der Verwandtschaft in Polen.

Vater hatte mir auf Mutters Drängen hin widerwillig für knappe 200 Kilometer das Steuer seines Autos überlassen. Welcher Mann übergibt denn schon freiwillig sein Statussymbol einer Frau, dazu noch einer Blondine? Und so konnte er nun guten Gewissens die restlichen 180 Kilometer dem Ziel unserer Reise entgegensteuern, ohne befürchten zu müssen, dass noch weitere Einmischungen und Forderungen seitens seiner drei Frauen laut wurden. Großmutter hielt sich eh aus derartigen Dingen heraus, ich hatte den Kampf mit der männlichen Psyche noch nicht aufgenommen und Mutter hatte ihren Willen ja schon durchgesetzt.

Das Wiedersehen gestaltete sich nach vier Jahren der Abstinenz herzlich bis überschwänglich. Torten, Würste und Wodka rutschten reichlich durch alle Kehlen und nur der Herr Pastor und eine Musikkapelle fehlten, um das gesamte Dorf glauben zu machen, es fände eine hochgradige Familienfeier statt.

Tage der Freude, der Gespräche, der Spaziergänge mit oft trinkfreudigen Abenden vergingen, und es nahte der Namenstag meines Onkels. Er wohnte mit seiner Familie im Nachbardorf und unser Auto stand zu Diensten, um den Taxibetrieb für den Transport der Gäste aufzunehmen. Ganz unpassend hatte sich allerdings Vaters rechter großer Zeh nach den verbotenen Alkoholgenüssen und seiner hin und wieder auftretenden Gichterkrankung entschieden, auf das doppelte Volumen anzuschwellen und mit einem intensiven roten Leuchten auf sich aufmerksam zu machen. Dem Gesicht des Patienten war anzumerken, dass die Hitze und Schmerzen an seinem Körperende die Grenze des Aushaltbaren überschritten hatten. Vielleicht wäre das Fahren des Autos trotz dieser Behinderung noch möglich gewesen – wie aber dorthin kommen und wie das Pochen und Pulsieren des Blutes in dem kleinen Kerl dort unten ertragen? Vater befand sich sichtlich in einer äußerst üblen Lage und es stellte sich nach wenigen Stunden heraus, dass selbst seine mitgebrachten Tabletten den Kampf gegen diese Gichtattacke verloren hatten. „Onkel Stanis", wie wir unseren Alterspräsidenten der Familie nannten, schaute sich besorgt den Patienten in seinem Haus an, schritt einige Male kopfschüttelnd durch das Krankenzimmer, das sonst sein Schlafzimmer war, baute sich dann trotz fehlenden Größenwachstums vor Vaters Bett auf und entschied: „Zum Doktor!"

Der Kranke leistete keinen Widerstand, folgte der Anweisung und fuhr sich und Onkel Stanis, nachdem ich das Auto bis fast ins Schlafzimmer gefahren hatte, unter enormen Schmerzen zum Dorfarzt. Hatte Vater dabei etwa an Praxis, weißen Kittel, Stethoskop, Behandlungsliege und

Sterilität gedacht? Ich vermute – ja. Er wurde nach kurzer Fahrt durchs Dorf eines Besseren belehrt. Onkel Stanis ließ ihn nämlich vor einem nicht gerade gepflegten bäuerlichen Haus parken. Hühner, ein Hund und zwei schnatternde Gänse begrüßten die Ankömmlinge. Einige Schritte durch den unsortierten Vorgarten, vier leicht beschädigte Treppenstufen hinauf, eine geöffnete Tür – und schon standen Patient und Begleiter in der geräumigen Wohnküche Herd, Holzbank, Tisch, zwei Katzen und fünf fremden Menschen gegenüber. Zwei dieser Menschen konnte Vater eindeutig als Kinder identifizieren, einer der Erwachsenen würde dann ja wohl der Herr Doktor sein. Weit gefehlt. Es waren die Frau des Hauses, ihre Schwester und deren alter Vater. Der Herr Doktor musste nach der Begrüßung und einigen gewechselten Worten erst gerufen werden. Er erschien – in Stiefeln, mit Schürze und Hut und Händen, die sich noch an der Schürze rieben. Es bleibt ungeklärt, ob der Dreck abgestreift oder die gewaschenen Hände getrocknet werden sollten. Es folgte der nächste etwas ausführlichere polnische Wortwechsel, dann trat der Hutträger an die Küchen-schublade, entnahm ihr einige Gerätschaften und forderte Vater auf, etwas zu tun, das Onkel Stanis mit „Hose runter" bezeichnete. Ein kurzer Blick in die Runde bestätigte Vaters Befürchtungen: Sieben Augenpaare waren auf ihn gerichtet, jedes von ihnen gehüllt in Neugier und freudige Erwartung – so die spätere Interpretation des Patienten. Noch einmal wiederholte der Alterspräsident seine Aufforderung „Hose runter". Und dieses Mal verstand der Kranke, der beim Militär gedient hatte, wann ein Wort Befehlscharakter annimmt – also drehte er sich augenblicklich um, öffnete seine Hose und ließ sein deutsches Hinterteil alle Erwartungen erfüllen … oder auch nicht.

Mag verstehen, wer will, warum der Hauptdarsteller in dieser Tragikomödie zum Schluss auch noch für seine Vor-führung bezahlen musste, das Publikum allerdings nicht zur

Kasse gebeten wurde. Aber so ist es nun mal auf der Welt: Andere Länder – andere Sitten.

Und die Oder schüttelt den Kopf

Die Fahrt verlief schweigsam. Sie fror ein wenig und saß deshalb auch zusammengekauert auf dem Beifahrersitz, so als zögen all ihre Körperteile hin zu ihrer zentralen Feuerstelle, ihrem Herzen, das heute mit zu wenig Energie brannte. Eine ihr bekannte Erscheinung, die damit zu tun hatte, dass sie die wohlige Wärme eines Bettes vermisste, das inzwischen notwendiges Utensil ihres Tag-Nacht-Rhythmus geworden war.

Gerade in diesem Land Polen, das sie in einer knappen Stunde wieder für unbestimmte Zeit verlassen würden, hatte besagtes Stück Möbel damals äußerst selten unter ihr Platz genommen. Es hatte sich ihr wirklich manchmal förmlich aufdrängen müssen. Jede Stunde, die sie darauf schlafend verbracht hatte, war ihr damals als eine Verschwendung kostbarster Zeit vorgekommen und nur die Tatsache, dass sich auch in diesem Land die Menschen zwischen Mitternacht und fünf Uhr früh ihren Träumen hingeben, die lautlos auf ihren Bettkanten Platz nehmen, ließ sie allmählich begreifen, dass die bedauernswerten Zustände als Folge des politischen Handelns hier wie dort tagsüber ihren Lauf nehmen. Und da sie dieses „Tagsüber" in diesem Chaos schon gar nicht beeinflussen konnte, reifte sie in den Jahren auch hier zu ihrer Urlaubsformel heran: Wer viel arbeitet, macht viele Fehler. Wer wenig arbeitet, macht wenig

Fehler. Wer schläft, macht keine Fehler. Warum sollte sie nicht auch hier wenigstens ab und zu einmal ohne Fehl und Tadel sein? Außerdem waren es gerade diese bewusstlosen Stunden, aus denen sie die Sicherheit schöpfte, lebensbewältigend tätig gewesen zu sein, insofern nämlich, als dass sie beim Erwachen immer das Gefühl hatte, es wäre alles nur halb so schlimm – auch das, was noch gestern mit Drohgebärden vor ihr gestanden hatte.

Das Gefühl des Fröstelns klebte an ihr wie der Honig an einer Wabe. Hätte sie gewusst, wie lauernd bei Nacht die Grenze wirkt, sie hätte sich niemals mit dieser Zeitplanung einverstanden erklärt. „Sibirien ist überall", dachte sie und begann, in ihrer Handtasche nach den Pässen zu kramen. Grell – wie das in verschwenderischem Maß gehäufte Licht – erklang die Stimme der Zöllnerin am geöffneten Fenster der Fahrerseite. Sie hasste diese Systemhandlanger, die dafür sorgten, dass schwer bepackte Einreisende „nackt" wieder ausreisten. Alle freiheitlich-demokratischen Zielangaben ihrer wortintakten Welt wurden hier zu Grabe getragen und mal wieder nahm das „Kneippsche Wechselbad der Gefühle" seinen Lauf. Während ihr „Grenz-Menü" hier jedes Mal ein Zuviel an Salz erhielt, sorgten die Aktivitäten des wenige Meter weiter platzierten Grenznachbarn für den bitteren Beigeschmack. Und der heutige Fall sollte sich als Premiere ohnegleichen herauskristallisieren.

Es erging nämlich der Auftrag, den gesamten Inhalt ihres Pkw auszuladen und übersichtlich auf einem eigens für derartige Zwecke vorhandenen Tisch, der sich etwas seitlich der Fahrspur befand, anzuordnen. In präziser Kleinarbeit schloss sich nach einiger Zeit des Wartens der Akt der Gepäckkontrolle an, bei der kein Winkel unberührt blieb, was ihre sorgfältige Packarbeit vom Vortag total zunichtemachte. Nachdem das Chaos auf dem Tisch vollkommen war, erlebten sie eine Fahrzeugkontrolle, an der jeder TÜV-Bedienstete seine wahre Freude gehabt hätte. Und wie ja das Dessert als Krönung des Festmahls verstanden wird, erhielt nun sie allein die Aufforderung, dem Uniformierten in das einige Meter entfernte Glashaus zu folgen. Betrachtungsobjekt war ihre Handtasche mit all den kleinen persönlichen Wichtigkeiten, von denen sie bisher angenommen hatte, sie gingen nur sie allein etwas an. Sie empfand diesen Eingriff in ihre Persönlichkeit als grenzenlose Provokation und reagierte, wenn auch nur unbewusst, mit einer Äußerlichkeit, durch die sie jedoch nur ‚Spielverlängerung' erreichte. Sie lehnte am Türrahmen, hatte den linken Fuß vor den rechten gekreuzt und die Arme vor ihrer Brust verschränkt – in Anbetracht mindestens einer ordensgeschmückten Rippe ihres Gegenübers eine Haltung, die nicht ungeahndet bleiben sollte. Ihr Notizgerät, das bei Einstellung des gewünschten Buchstabens und auf Knopfdruck Adressen freigab, erwies sich als vorzügliches Testobjekt und die sich über Minuten hinziehende Adressenkontrolle verdunkelte diese Nacht um weitere merkbare Grade. Ihr Innerstes ballte sich ganz allmählich zu einem Eisblock zusammen, der alle noch vor wenigen Stunden ausgelebten Gefühle erstarren ließ und ihre Traurigkeit und Hilflosigkeit über den genommenen Abschied jetzt in blanke Wut verwandelte. Sie fühlte Zorn in sich hochkriechen und erlebte, wie er langsam und schneidend ihren Hals zuschnürte. Und noch während sie den Kampf gegen die heraufbrausende Sintflut in Mund und Augen aufnahm, erreichte etwas ihre Nase. Diese nämlich füllte sich mit dem Alkohol, der nicht nur Mann, sondern auch Glashaus angefüllt hatte und sich durch die offenstehende Tür unbemerkt an ihr vorbeischleichen wollte. Diese unvorhersehbare Wende hatte allerdings nur eines zur Folge: Ihr Giftspeer unterzog sich augenblicklich einer Zellteilung und zielte nun auch auf sie. Dass sie damit ihrem Gegenüber ungewollt näher kam, bemerkte sie durch die Unordnung in ihrem Inneren natürlich nicht.

Endlich war der Alptraum vorbei. Sie begann, die Äußerlichkeiten ihres Lebens wieder einzusammeln. Ihre Wut presste sie mit all ihren Sachen in die Koffer und bat ihn, ihr den Fahrersitz zu überlassen, da der Wunsch nach Aktivität in ihr übermächtig geworden war.

Rendezvous zweier Welten

Als sie sich nach Jahren der Trennung gegenüberstanden, beide inzwischen Mitte dreißig, verheiratet, ein Kind, empfanden sie nicht weniger als damals dieses nervöse Gespanntsein aufeinander, gepaart mit dem Wunsch, dass sich trotz aller veränderten Lebensumstände ihre Gefühle füreinander nicht geändert hätten. Letzteres wurde wohl von beiden Seiten mehr oder weniger vorausgesetzt, und so stand der Wille bei der Erfüllung dieses Wunsches Pate. Der beiderseitige Glaube, dass eine fünfzehnjährige Freundschaft, die alle politischen Ereignisse und daraus resultierende persönliche Entscheidungen überdauert hatte, Rechtfertigung genug war, einen Abend miteinander zu verbringen, ließ Gewissensfragen gar nicht erst aufkommen. Und die Duldung dieses Treffens seitens der Ehepartner stärkte noch beider Bewusstsein bezüglich eventuell auftretender moralischer Bedenken. Man vergaß augenblicklich die Gegenwarten, um sich ab sofort mit der Vergangenheit zu beschäftigen und in Memoriam den heutigen Abend zu begehen.

Er hatte ein Restaurant ausgesucht, das ihren hohen Ansprüchen genügen sollte, an denen sie selbst nicht schuld war. Da der Abend sicher lang werden würde, hatte er bei der Wahl der Lokalität auf die Kombination Speise- und

Tanzrestaurant besonderen Wert gelegt, ein Ansinnen, dessen Erfüllung in einer Großstadt nicht auf besondere Schwierigkeiten stößt.

Hier saßen sie nun, vis-à-vis zwischen all diesen fremden Menschen und bekannten Klängen und zogen ihre sich fixierenden Blicke dem Tanzvergnügen vor. Was könnte ihnen der Abend eigentlich bringen? Die ständig ausgetauschten Briefe ließen Fragen nach den Alltäglichkeiten nicht zu, ohne den Eindruck zu hinterlassen, etwas vergessen oder nicht richtig übersetzt zu haben. Ehepartner und Kinder standen ebenfalls nicht auf der Themenliste, bildeten sogar das einzige Tabu, da alle Positiväußerungen den anderen kränken könnten wegen einer von diesem vielleicht nicht so positiv erlebten Partnerschaft. Auch Negativäußerungen erwiesen sich nicht als günstig, da sie die alte Wunde vollends wieder aufreißen und die Trauer über die falsche Entscheidung, die ja eigentlich gar keine war, sondern als Fügung in das Unabänderbare verstanden werden musste, bis auf ein Maß treiben würden, das diesen Abend sinnlos machte. Bemitleiden konnte man sich und den anderen schließlich auch im stillen Kämmerlein ohne das Flair dieser Großstadtgesellschaft, die auch ohne ihre Probleme den heutigen Abend genießen würde. So saß man sich also gegenüber mit vollen Herzen, fragenden Blicken und stummen Mündern. Den Wirrwarr ihrer Gefühle hätte wohl niemand an diesem Abend ordnen können, und im Bewusstsein dieses Durcheinanders waren sie dankbar, wenigstens ein Gefühl näher zu empfinden. Es war das der Freiheit. Freiheit, die Vergangenheit wieder einmal hautnah spüren zu dürfen, Freiheit als Erholung vom Rollenspiel des Alltags und die Freiheit, die ein verheirateter Mensch empfinden muss, wenn er die Früchte genießt, die der Baum des Nachbarn über seinem Grund und Boden wachsen lässt.

Der Abend ging, wie allem Schönen charakteristisch ist, viel zu schnell vorbei, und während sie damals aus

Angst und Unerfahrenheit auf die Freuden einer viel versprechenden Nacht verzichtet hatten, taten sie es heute aus Überzeugung, verabschiedeten sich jedoch nicht weniger dankbar als damals.

In mir klingt ein Lied

Sie war Musikerin und hatte in ihrem Leben nicht wenige Männer kennengelernt. Als Mädchen und junge Solistin auf der Bühne gehörten Romanzen und Verliebtheiten zur Emotion ihrer Kunst. Männer bewunderten sie aus einer sicheren Distanz und diejenigen, denen es gelang, sie persönlich kennenzulernen, ließen keinen Zweifel daran, dass sie sie mochten, attraktiv und begehrenswert fanden. Sie strahlte ja auch – wie ihre Musik, die sie überzeugend und mit großer emotionaler Beteiligung darbot. Mit ihrem Herzen auf der Zunge war sie die Natürlichkeit in Person. Humor und Bildung waren die Zugaben in all ihren Gesprächen, die sie führte, und ihre Offenheit bei jeder Thematik beeindruckte stets ihr Gegenüber. Probleme im Umgang mit Männern gab es nicht. Sie erwartete Höflichkeit und Achtung von ihnen – und das war das mindeste, was sie auch immer von ihnen bekam.

Heute war Muttertag, und, wie immer an diesem Tag, hatte sie mit ihrer Mutter Kaffee getrunken, ihr ein Geschenk überreicht und nach dem Besuch auf dem Friedhof neben ihrer Mutter auf dem Sofa Platz genommen. „Hast du Lust auf eine Liebesgeschichte", fragte sie ihre Mutter. Und ohne auf Zustimmung zu warten, begann sie auch schon.

„Sie studiert in der Stadt, in der er geboren wurde. Sie wohnt eine halbe Stunde Fußweg von ihm entfernt. Sie sind irgendwie ein Paar. Sie studiert, er arbeitet. Er hat samstags erst am späten Nachmittag Zeit, denn am Morgen muss er seinen Freitagnacht-Rausch ausschlafen, damit er um 14 Uhr zum Mittagessen bei seiner Mutter einen guten Eindruck macht. Sie hat sich deshalb entschieden, am Samstagmorgen zu arbeiten, danach leidvoll ohne Auto einzukaufen, weil sie das Gekaufte bis in den fünften Stock transportieren muss. Nach dem Einkauf macht sie allein einen längeren Spaziergang und geht ebenfalls allein ihren Kaffee trinken. Wenn er am späten Nachmittag zu ihr kommt, beginnt ihr gemeinsames Wochenende. Gespräche sind selten, Fernsehabende die Regel. Sie schaut ihm zuliebe seine Filme mit an, denn er ist immer der Pilot des Abends. Sie sitzen nebeneinander, manchmal Stunden ohne eine Berührung und Körperkontakt. Und ob beim Fernsehen, Spaziergang oder Restaurantbesuch, ob Blicke, Kuss oder Handhalten – da ist der Pilot immer sie. Sie sucht seine Nähe, sie berührt ihn, sie massiert ihn, sie spricht ihn an, sie fragt ihn. Solange sie in seiner Stadt zusammen sind, hat sie in seinem Leben, in seiner Wohnung, bei seiner Mutter, bei seinen Verwandten und Freunden nichts verloren. Er hingegen hat allerdings Zutritt zu ihrem Leben, zu ihrer Wohnung, zu ihrem Bett, ihrem Zuhause, ihren Freunden, ihrer Familie. Ist er traurig, krank oder deprimiert, heitert sie ihn auf und ist an seiner Seite. Sie allerdings bleibt mit Traurigkeiten und Seelenschmerz allein, ohne seine Anwesenheit oder seinen Trost.

Beide sind sexuell ein ideales Paar, zärtlich, intensiv und zugewandt. Jeder ist darauf bedacht, dem anderen Gutes zu tun, dessen Wünsche und Bedürfnisse zu erfüllen."

Sie schwieg und schaute ihre Mutter an, die ohne sie auch nur einmal zu unterbrechen, aufmerksam zugehört hatte. Doch nun hob sie langsam ihren gesenkten Kopf,

legte ihren Arm um ihre Tochter und begann leise: „Du liebst ihn – ich weiß – und das schon fast 30 Jahre. Deine Liebe war also so wunderbar und intensiv, dass sie ein Leben lang andauerte. Und wenn ich dir nun sage, er liebt dich nicht, dann sage ich nur das, was du sowieso schon weißt. Er fühlt nur seinen Schmerz, nicht deinen. Er braucht deine Bewunderung, hat aber keine für dich. Er lebt sein Leben, ohne dir einen Platz darin anzubieten. Er muss eingeladen werden, bittet aber nie demütig um Einlass. Fordern und Kritisieren hat er gelernt, das Bitten nicht. Sei nicht traurig – nicht du bist zu bedauern, sondern er. Er hat den Himmel des Lebens nicht kennengelernt, weil er mit den irdischen, den materiellen Dingen beschäftigt blieb. Wie reich hätte er werden können, wenn er nur ein wenig von sich abgegeben und verschenkt hätte. Du hast gegeben – er hat genommen. Du bist trotzdem nicht ärmer geworden, er aber ist arm geblieben, obwohl er reich beschenkt wurde. Liebe ist eine Mischung aus Traurigkeit und Glück, dahinter verborgen der wahre Sinn des Lebens." Und weil sie bei den Worten ihrer Mutter angefangen hatte zu weinen, erhob diese sich, trat ans Klavier und begann das Lied für sie zu spielen, das sie so liebte.

Abschied von der Kindheit

Ich hielt sie fest, die Plastiktüte mit meinen ersten Stöckelschuhen. Der Bus stoppte an einer Haltestelle und meine Mutter neben mir grüßte zu einer Frau rüber, die in diesem Augenblick mindestens sechs Plastiktüten zusammenraffte, um ihrerseits den Bus zu verlassen. „Die Schwester einer meiner Schulfreundinnen", bemerkte Mutter, „Dorothea Mikuda von der Landstraße, eine Hexe damals, mit der ich mich nur gestritten habe." Ich reagierte nicht auf ihre Bemerkung. Mein Interesse galt ausschließlich meinen weißen Sandalen, die sich in der Plastiktüte befanden und mit denen ich mich schon übers Parkett der Tanzschule gleiten sah. Mit meinem himmelblauen Chiffonkleid, meinem schulterlangen blonden Haar und diesen weißen Sandalen werde ich mich durchaus sehen lassen können, dachte ich. Und die Tatsache meiner minimal zu breiten Hüften würde bei diesem Kleid keine Rolle spielen, da der unterhalb der Brust angesetzte Plisseerock jede Tonne in eine Elfengestalt verwandelte. In diesem Punkt konnte ich meiner Mutter absolut vertrauen, wenn es auch einige Mühe gekostet hatte, ihr klarzumachen, dass ich zum Abschlussball kein selbstgenähtes Kleid tragen wollte. Bei all ihrer Nähkunst, mit der sie mich von Kind an bedachte, wünschte ich mir nun endlich einmal ein Fertigprodukt mit dem Oh-Erlebnis vor dem Spiegel, das ja bei den unzähligen Anproben, die ständig erforderlich sind, ausbleibt. Wenn ich nun auch noch den Tanzpartner meiner Träume hätte, wäre mein Glück noch etwas vollkommener gewesen. So aber musste ich mich damit abfinden, dass ausgerechnet Annegret, die zarter und kleiner und schon etwas koketter war als ich, sich meinen Johannes ge-schnappt hatte, wobei ich ja nicht ganz übersehen konnte, dass nach den Benimmregeln des Herrn Knigge die Jungen die Mädchen zum Abschlussball einluden und ich deshalb davon ausgehen konnte, dass mein Johannes an der Kombination nicht ganz unschuldig war. Da ich ihn aber unbeschadet lassen wollte für zukünftige Tanzveran-staltungen mit mir, hasste ich lieber die unmusikalische Annegret ein bisschen und hoffte, Johannes möge doch recht bald merken, dass seine Partnerin zwar aussah wie eine Elfe, dafür aber tanzte wie ein Rumpelstilzchen.

Die Unruhe meiner Mutter holte mich in die Realität zurück. Wir erhoben uns, um an der nächsten Haltestelle auszusteigen. Für einen Apriltag war es heute ausgespro-chen mild. Auch den Regenschirm hatten wir zu Hause lassen können. Die hellen Grüntöne der Bäume und Sträu-cher bemächtigten sich bei Verlassen des Busses gleich wieder meiner Sinne. Leichtfüßig überquerte ich neben meiner Mutter die Hauptstraße, um auf der anderen Straßenseite gleich in unseren Fußweg zum Haus einzu-biegen. Uns beiden war klar, dass wir nicht hürdenlos zu unserem Haus gelangen würden, denn diese Abkürzung führte an unserem Nachbarn vorbei, der nach seiner Arbeit als Bergmann täglich seinen Garten beackerte, und das stets bis zum Einsetzen der Dunkelheit. Von Anfang an hatte er einen Narren an meiner Mutter gefressen und sein innigster Wunsch war es, dass sein Sohn Friedhelm und ich dem-nächst ein Paar würden. Und deshalb begrüßte er mich nicht selten mit den Worten: „Ach, da kommt ja meine Traumschwiegertochter." Allerdings hatten Friedhelm und ich mit der „Paarung" so gut wie nichts im Sinn. Friedhelm hatte die Volksschule beendet und eine Lehre zum Installateur begonnen, während ich in der Stadt das Mädchengymnasium besuchte, um vielleicht einmal zu studieren. Friedhelm genoss mit seinen jungen Jahren Freiheiten, von denen ich nur träumte, und so wussten wir beide nur zu gut, dass sich unsere Wege kaum kreuzen würden. Außerdem fehlte das Kribbeln im Bauch, da wir als Kinder schon zusammen gespielt und vier Jahre gemeinsam eine Schulklasse besucht hatten. Wir kannten uns gut – zu gut. Unsere Beziehung hatte Bruder-Schwester-Charakter, worüber wir als Einzelkinder ganz froh waren.

Friedhelms Vater war wie erwartet im Garten, aber er arbeitete nicht. Er schien förmlich auf uns zu warten. Schaute er ernster als sonst oder bildete ich mir das nur ein? Bevor ich meine Beobachtung an meine Mutter weitergeben konnte, die sich einige Schritte hinter mir befand, um einen Stein aus ihrem Schuh zu entfernen, deutete mir Friedhelms Vater mit seiner Hand an, mich zu beeilen. Ich hatte also recht mit meinem Gefühl, dass etwas anders war als sonst. Ich beschleunigte meine Schritte, und kaum hatte ich ihn erreicht, sagte er mit ernstem Gesichtsausdruck: „Geh schnell nach Hause. Bei euch ist etwas passiert." Ohne noch auf meine Mutter zu achten, lief ich die wenigen Schritte nach Hause und klingelte an der Tür. Fast gleichzeitig wurde mir die Tür geöffnet mit der Frage: „Wo ist Mama?" „Die spricht mit dem Nachbarn", blubberte ich daher, konzentriert auf meine nächste Frage: „Was ist passiert?" Und nie mehr werde ich den Satz vergessen, der dann über die fast geschlossenen Lippen meines Vaters huschte und dennoch klar und deutlich in mein Ohr drang wie zuvor die Anweisung von Friedhelms Vater.

„Opa ist tot", waren die einzigen drei Wörter aus dem Mund meines Vaters und ich weiß nicht, wann er jemals et-

was so Bedeutungsvolles zu mir gesagt hatte. Ich ging hinein, und als ich unser Haus betrat, war es ein anderes. Die Wände waren doppelt so dick, die Türen aus Eisen, und ich lief nicht mehr über weiche Teppichböden, sondern über feuchtes Laub und lehmige Erde. Meine Großmutter saß weinend im Wohnzimmer, mit meinem Erscheinen begann sie, laut zu schluchzen. Wie hilflose kleine Kinder lagen wir uns in den Armen und ich weiß nicht mehr, wie lange unsere Tränen an unseren Wangen herunterliefen, als ein schrilles „Nein" uns zusammenzucken ließ. Die Wahrheit hatte meine Mutter erreicht und ihr Nein machte uns deutlich, dass sie diese Wahrheit nicht bereit war zu akzeptieren.

Von Stund an wurden alle Dinge, die man tat, sinnlos. Jeder war mit den organisatorischen Notwendigkeiten einer Beerdigung beschäftigt, ohne dass er es wollte, ohne dass er verstand, warum. Wir begegneten uns und nahmen uns nicht mehr wahr. Fünf Leben waren aus der Bahn geworfen worden ohne Vorankündigung und Warnung. Wie durch Schleier nahm ich alles nur noch verschwommen wahr. Mein Denken war tot, meine Träume versunken, mein Leben ein tiefes schwarzes Loch. Weinende und schluchzende Menschen umgaben mich von früh bis spät. Ein gestorbener Frühling noch vor seiner Geburt. Dieser 24. April brannte sich in mein Leben ein und erschütterte mein Jungmädchendasein zutiefst. So weiß ich – wie nur wenige Menschen – das genaue Datum, wann meine unbeschwerte Kindheit endete und ich von einem zum anderen Augenblick erwachsen wurde.

Gebisssuche

Mein zehn Jahre jüngerer Cousin kam zur Kommunion, was hoffentlich ein ebenso spannendes Ereignis werden würde wie seine Taufe. Bei dieser durfte ich nämlich Zeuge einer ayurvedischen Ölkur werden, die an einem Baby vorgenommen wurde. Das ergab sich daraus, dass meine Tante als Kosmetikerin auf alles Körperliche spezialisiert war und sich nicht damit zufrieden gab, ihrem Baby nur den Po einzucremen, damit er nicht wund wurde. Nein, sie führte uns, also ihrem staunenden Publikum vor, was wahre Körperpflege von Geburt an bedeutet. Klein-Oliver flutschte als winziger Nackedei durch ihre Hände, die sie zuvor in Penatenöl getränkt hatte, die nur so tropften und glänzten. Obwohl Oliver so ein kleines Etwas war, wurde er bei jeder Einreibungswelle – und es gab vier oder fünf davon – immer länger und glänzender. Bei jeder neuen Aktion flutschte er mehr und mehr durch die Hände seiner Mutter. Uns stockte der Atem, da jede Sekunde die Gefahr größer wurde, dass er ihr aus den Händen glitt. Glücklicherweise überlebte er die ayurvedischen Ölkuren seiner Babyzeit und schaffte es mit fettiger Haut bis zu seiner baldigen Kommunion in zwei Wochen.

Zu der waren mein Vater, der Olivers Taufpate war, meine Mutter und ich natürlich eingeladen. Dazu mussten wir aus dem Ruhrpott nach Koblenz reisen, was wir dank unseres gerade neu erworbenen Autos, Marke DKW, bequem erledigen wollten.

Die Vorbereitungen für die Anreise zum Familienereignis liefen auf Hochtouren. Wie immer vor einer Reise, ganz gleich, wie lange sie dauern würde, begann Mutter mit dem Reiseputz. Wir nannten ihn deshalb so, weil er die Ausdehnung und Intensität eines in anderen Haushalten einmal jährlich stattfindenden Frühjahrsputzes hatte. Zimmer, Keller, Garage, Stallungen, Garten, Schränke, Schubläden, Kühl- und Kleiderschrank wurden geputzt, gefegt, gesaugt, geordnet, gezirkelt, gejätet, geharkt, geschrubbt, gewischt und so auf Hochglanz gebracht, dass Großeltern, Nachbarn, Einbrecher, Polizei, selbst der Pastor und der Bürgermeister niemals vorher in ihrem Leben ein saubereres Haus gesehen hätten, würden sie zufällig ins Innere gelangen. Mutter war auf alles während ihrer Abwesenheit vorbereitet: Ob der Notarzt gerufen werden musste, weil Oma beim Öffnen des Kühlschranks Erfrierungen ersten Grades erlitt, ob die Nachbarin neugierig die modischen Farbnuancen im Kleiderschrank inspizierte, ob die Polizei nach Fingerabdrücken der Einbrecher suchen würde oder ob der Bürgermeister die Urkunde und das Preisgeld für den gewonnenen Gartenwettbewerb vorbeibrächte – alle Eventualitäten wurden von Mutter bedacht und erforderten ihren persönlichen Stempel trotz ihrer Abwesenheit.

Der Tag der Abreise kam näher. Die Koffer standen zum Packen bereit. Noch schnell gewaschen, gebügelt, gefaltet, dann gesucht, gefunden, genommen, gepackt bis auch die letzte Notwendigkeit im Gepäck seinen Platz gefunden hatte. Nun hätte man hoffen dürfen, dass sich alles ein wenig beruhigte und die Planung für diese Kurzreise abgeschlossen war. Irgendetwas aber hinderte Mutter daran, sich von ihrem Stressfaktor 100 herunterzubeamen und einer normalen Atmung Raum zu geben. Das bemerkten wir wohl, beließen sie aber trotzdem in ihrem vierten Gang.

Doch dann – einen Tag vor der Abreise am Mittagstisch die Enthüllung: „Mein Gebiss ist weg!" „Wie, weg?" fragte Vater, während die Großeltern und ich unsere wortlosen Kontrollblicke auf Mutters Mund und Zähne richteten. „Einfach weg!" antwortete sie verzweifelt. „Nicht am Bett, nicht im Glas, eben weg. Ich habe schon überall gesucht. Aber das Ding ist weg! So kann ich doch morgen unmöglich losfahren – ohne meine Zähne." Das sahen selbst wir ein ... und so setzte sich der gesamte Familiensuchtrupp in Bewegung, um die vier Zähne meiner Mutter außerhalb ihres Mundes zu suchen. Schubläden wurden geöffnet und durchsucht, Schrankablagen beäugt und Fensterbänke besichtigt. Der eine suchte im Keller, der nächste im Badezimmer, selbst den Garten durchschritt Vater Meter für Meter mit gesenktem Haupt. Das Gebiss allerdings blieb unauffindbar. „Dann bleib` ich zu Hause!" entschied Mutter am Abend, während Vater mit dem Kopfschütteln begann. Wie sollte er verstehen, dass seine so saubere, ordentliche und eitle Frau ihr zweitwichtigstes Utensil verlegt oder verloren hatte? Das wichtigste war ihre teure, große, getönte Brille, die ihr das Aussehen einer Filmschauspielerin gab. „Kleine Sünden straft der liebe Gott sofort", meinte Vater und dachte gar nicht daran, auf seine Frau bei der Kommunion seines Patenkindes zu verzichten.

Widerwillig, verzweifelt und ratlos saß Mutter am nächsten frühen Morgen im Auto. Ihre Hand wurde zum wichtigsten Hilfsmittel. Kein Wort, kein Lächeln, kein Lachen gab sie preis, ohne vorab ihre Handfläche schützend und verbergend vor ihren Mund zu halten, damit auch ja nicht auffiel, mit wie wenig Zähnen sie hier zur Feier des Tages erschienen war.

Sie sprach nur die Hälfte der Worte, die üblich gewesen wären. Das nutzte mein Vater schamlos aus, indem er ihren

Sprachpart übernahm. Mir tat sie ein wenig leid, weil sie aus einem kleinen Fiasko ein großes Dilemma machte. Aber das war eben Mutter – sie konnte gar nicht anders.

Natürlich ging die Suche zu Hause in die zweite Runde – ein Zahnarzttermin stand schon fest. Doch da klapperte es verdächtig beim nächsten Wischen unter der Kücheneckbank und als ich mich bückte, um unter die Bank zu kriechen, lachten mich vier Zähne mit ihren Lücken an. Der Schuldige war schnell gefunden. Es war entweder der Maurer, der die Wand schief gemauert hatte oder der Möbelhersteller, der die Eckbank nicht winkelgerecht angefertigt hatte, sodass das Holzbrett, das bis in die Ecke reichen sollte, eine Lücke ließ, durch die die Beißerchen in Richtung Fußboden verschwunden waren.

Niemals mehr hörten wir aus Mutters Mund den Satz: "Mein Gebiss ist weg." Dieses Ereignis blieb ihr als Horrorszenario so tief im Bewusstsein, dass ihr Gedächtnis eine Liaison mit ihrem Gebiss einging, um sich nie mehr voneinander zu trennen.

Er und Sie

Es war schon hart und niederschmetternd, als seine Mutter ihr den Satz ins Gesicht schleuderte: „Er liebt dich eben nicht!"

Er – das war der Mann, an dessen Krankenbett sie gesessen hatte, den sie aus seiner Depression ans Tageslicht gezogen hatte, den sie verwöhnt, bedient, bewundert und begleitet hatte, dessen Anwesenheit ihr die Falten aus dem Gesicht gebügelt, den Glanz in die Augen gezaubert und das Lächeln auf die Lippen gemalt hatte.

Er – der Pole, der mit Vorurteilen beladen, mit Aversionen behaftet scheinbar überheblich und stolz dahergekommen war und sie, die Deutsche, mit Skepsis betrachtete, in die preußische Ordnungsecke platzierte, über ihre fremdartigen Kochkünste den Kopf schüttelte, sich dennoch wie selbstverständlich monatelang bei ihr niederließ und sich ihr Leben und ihre Freunde zu eigen machte.

Arbeiten wollte er für ein Auto seiner Träume mit der Arbeit, die sie ihm besorgt hatte, herumfahren sollte sie ihn auf der langwierigen Suche nach seinem Traumauto, das am liebsten so viel wie gar nichts kosten sollte.

Und sie tat es, weil er ihr leidtat, weil sie es ihm gönnte, weil sie für ihn da war, weil sie ihn verstand, weil sie ihm vertraute, weil sie ihn ganz einfach liebte.

Nun hätte er ja nach all den Beweisen ihrer Liebe seine Vorurteile verlieren, die Skepsis aufgeben und sie gegen ein Vertrauen zu ihr eintauschen können. Er hätte ihre Kochkünste einfach genießen, ihren Ordnungssinn akzeptieren und ihre endlose Gastfreundschaft bemerken können. Er hätte für die Beteiligung an ihrem Leben und seine Einbindung in ihre sozialen Kontakte dankbar und glücklich sein können. Er hätte ihr zeigen und mitteilen können, dass er verstand, warum sie das tat.

Er aber setzte sich irgendwann in sein gekauftes Traumauto und fuhr von dannen, was er mit „nach Hause" bezeichnete.

Als sie endlich aus dem endlosen Schatten, den er zurückgelassen hatte, wieder vorsichtig ins Licht trat, begegnete sie dort zufällig seiner Mutter, die ihr mitteilte, dass er es an der Seite einer neuen Bekanntschaft gut getroffen und mit seinem Traumauto Eindruck geschunden hatte. „Er liebt dich eben nicht", sagte sie, drehte sich um und ging.

Kommunistisch europäisch

Älter werdende Leute verschieben ihre Gesprächs-inhalte zunehmend in das Reich ihrer Vergangenheit. Eine verständliche Eigenart, da der Prozentsatz ihrer Zukunft geringer wird und der des Erlebten in ihrer Vergangenheit größer. Könnte ein Land erzählen, würde Polen Erstaunliches aus seiner jüngeren Vergangenheit zu berichten wissen. Nun bilden sich ja die an der Macht befindlichen Politiker ein, das wichtigste und objektivste Sprachrohr ihres Landes zu sein und ihrem jeweiligen Land durch ihre Stimme Geltung zu verschaffen. Und in wenigen Fällen ist es auch so, nämlich immer dann, wenn besagte Politiker noch Bodenkontakt haben, das heißt, mit ihren ganz normalen Schuhen auf dem Boden der Tatsachen ihres Landes stehen. Erkennbar daran, dass sie recht abgelaufene Schuhe tragen, die sie in ihrem eigenen Land erworben haben. Italienische Modelle, Lackschuhe und ewig neu wirkende Schuhe deuten darauf hin, dass sie ihr Land im Schwebezustand überfliegen. Das wiederum bedeutet, dass sie dort in den Höhen der Macht nur ebenfalls Macht-habenden begegnen und damit den Kontakt und die Sprache ihres eigenen Volkes verloren haben.

Deshalb nehmen sich Menschen wie ich das Recht heraus, ihre Sicht der Dinge, ihre Empfindungen und Erlebnisse in ihrem eigenen oder einem anderen Land zu beschreiben und zu schildern, damit die Alltäglichkeit, die Realität und auch die Problematik einer Entwicklung zu Worte kommen. Und dazu gibt es allein deshalb eine Berechtigung, weil *ich* mit abgetragenen Schuhen diese Welt durchlaufe, zusätzlich noch die Ohren öffne, sobald jemand zu erzählen beginnt.

Während mein Geburtsland das Land Deutschland ist, zähle ich zu meinen Heimatländern auch das Land Polen, in dem viele Menschen meiner Verwandtschaft lebten und wenige noch leben. Ich musste 15 Jahre alt werden, um zum ersten Mal Tanten, Onkel, Cousinen und Cousins zu sehen, die nicht weiter von mir entfernt waren als die bayrischen Urlaubsziele, die ich in meinem Leben in den Ferien immer mal wieder bereiste.

Mit meinen Deutsch sprechenden polnischen Verwandten stand ich jahrelang nur in Briefkontakt, erhielt so Informationen über das mir fremde Land und das dortige Leben meiner Familie. Es entwickelte sich ein neues Hobby innerhalb meiner Familie, das ich erst verstand, als ich meine erste Reise in das Land „Unbekannt" antrat.

Meine ersten vier Wochen in Polen waren ein einschneidendes Erlebnis in meiner Jugend. Ich fühlte mich in eine Welt versetzt, die ich mir in meinen kühnsten Träumen niemals hätte vorstellen können. Die Straßenbahnen, in denen man hin und her geworfen wurde, an deren Strippen man hing und in denen man durch das Ziehen an einem Ledergurt dem Fahrer Mitteilung machte, dass man an der nächsten Haltestelle aussteigen wollte, schienen hunderte Jahre alt zu sein. Zerfallene Häuser und Bauernhöfe, in denen man absolut niemanden vermutete, verunstalteten die Landschaften. Bei genauerem Hinsehen bemerkte man Rauch, der aus ihren Schornsteinen hochstieg. Hinter den Fenstern dieser Häuser hingen grauweiße Gardinenfetzen, und vor ihren zerfallenen einbruchfreundlichen Türen liefen Hühner, Gänse und Enten herum, die eindeutig bewiesen, dass in diesen Behausungen tatsächlich Menschen wohnten. Alte, krumme, bucklige Frauen arbeiteten gebückt auf den Feldern und von Pferden gezogene Holzkarren fuhren über sandige Dorfstraßen. Diese passten zu den zerfallenen Gebäuden, Treppen und Stallungen der Ortschaften. Es staubte unaufhörlich, erst recht, wenn im Sommer die große Hitze ausbrach. Das gesamte Baubild dieses Landes wirkte auf mich grau, schmutzig und traurig.

Ganz im Gegensatz dazu traf ich dafür auf wirkliche Menschen. Sie sprachen zum Teil laut und viel, lachten, alberten miteinander, ganz gleich, wo sie sich gerade trafen und befanden. Das konnte auf dem Friedhof sein, auf dem Weg zur Kirche oder vor dem Haus auf der sandigen Straße. Immer waren irgendwo Menschen im Gespräch miteinander. Ich sollte bald erfahren, dass diese Mentalität stark verwandt mit der der Franzosen war, die ihre Lebensform, besser gesagt Lebenskunst als „Savoir vivre" bezeichneten. Diese Art zu leben war uns Deutschen fremd und wurde daher auch nicht an unsere Kinder weitergegeben. Jeder Pole erwies sich hier als Lebenskünstler. *Der* kannte Leute, die wiederum Leute kannten, die ihrerseits auch Leute kannten, die genau das hatten, verkauften oder anfertigten, was das erste Glied dieser Kette gerade brauchte. Heute wollte man einen Pflaumenkuchen backen, schwang sich daher auf das Fahrrad, um bei jemandem, der einen Pflaumenbaum besaß, die Grundausstattung dafür zu erwerben. Morgen begab man sich zu einer Frau, die für die Silberhochzeit von Tante und Onkel das Kleid zu schneidern hatte. Übermorgen stand das Thema „Holz" an, das man mit dem geliehenen Pferdewagen des Nachbarn und der Genehmigung des Försters aus dem Wald zu holen gedachte. Beziehungen, Bekanntschaften und Organisationstalent waren gefragt, um das schwierige Leben zu planen, zu meistern und Notwendigkeiten zu beschaffen. Die Menschen auf dem Dorf arbeiteten hart, verstanden aber dennoch, auszubrechen aus den alltäglichen Sorgen und Nöten. Dazu dienten der Wodka, der Tanzboden und die vielen Familienfeiern innerhalb einer zumeist großen Verwandtschaft. Und was zu derartigen Feiern auf den Tisch kam und von vielen fleißigen Händen gekocht, gebacken und dekoriert wurde, sprengte einige Male unser aller Vorstellungskraft. Es gab kein Auto, keinen Kaffee, keine Gardinen, keine Cola, kein Bier, keinen Puderzucker, keinen Kakao, keinen Kaugummi, keine …keine …keine … Dafür gab es die Kunst der Hausfrau und die Arbeitskraft des Mannes, womit jede Familienfeier zu einer Gaumenfreude aller wurde.

Und die Liebe – *die* verstanden die Polen auch. Immer lag ein Hauch von Anziehung zwischen Frauen und Männern, die sich zum Feiern angehübscht hatten. Männer waren hier große Kavaliere, küssten den verheirateten Frauen die Hand, küssten zusätzlich zur Begrüßung und zur Verabschiedung mehrmals auf die Wangen – mein erster Eindruck war, dass die Polen ein körperliches Volk sind, ganz im Gegensatz zu den sehr distanzierten Deutschen. An keinem Ort der Welt hatte ich so viele Körperkontakte und Kusserlebnisse wie in diesem Land. Wunderbar und aufregend für einen jungen gefühlsstarken Menschen wie mich. Und wie es natürlich einer bald 16-Jährigen zustand, verliebte ich mich kurzerhand in die liebenswürdige Art meines Cousins Michael, der gerade seinen Militärdienst absolvierte und eines Tages in Uniform vor mir stand, ein wirkliches Mannsbild mit dem Charme, der Frauen gefiel. Ich hatte das Glück, mit ihm zwei-, dreimal eine Stadtbesichtigung zu unternehmen, was sich wegen der Sprachbarriere als sehr schwierig erwies. Mit den Sprachen Englisch, Deutsch und Französisch war nichts zu machen – es blieb also nur die Landessprache, die ich zu meinem gro-

ßen Leidwesen nicht beherrschte. Verständigung fand also über Hände und Füße statt, und dieser Kontakt und viele weitere wurden zur Geburtsstunde meines Entschlusses, irgend-wann einmal die polnische Sprache zu erlernen.

Alles in allem verlor ich in dieser vergangenen, romantischen, aber auch fremden Welt Teile meines Herzens. Sie blieben einfach dort, bei den Menschen, die so gastfreundlich und herzlich waren, bei den Männern, die in charmant höflicher und körpernaher Form mit uns Frauen umzugehen gelernt hatten und in dieser Landschaft, die sandig und trocken Wärme und Sonne speicherte und sie an mich weiterreichte.

40 Jahre später: Nach einer schweren Erkrankung und dem Geschenk des Himmels, wieder gesund werden zu dürfen, ergab sich die Möglichkeit, die polnische Sprache von Grund auf zu erlernen, die mir fast ein Leben lang verborgen geblieben war. Dazu mietete ich eine winzige Wohnung in Posen, begab mich mehrmals wöchentlich in die Universität und erschien jedes Sommersemester nicht allein zum Zwecke des Sprachstudiums in der mir immer vertrauter werdenden Stadt, die ich nur aus den Besuchen meiner Verwandten aus meinem früheren Leben kannte.

Vieles hatte sich in den Jahren meiner Abwesenheit verändert. Das Land hatte die Farbe entdeckt und sich geschminkt. Bunte Häuser und Fassaden, tausende von Reklameschildern aller möglichen Firmen und Produkte säumten die Hauptstraßen des Landes stadtnah. Kunstvolle, auch schon oft farbige Zäune umgrenzten Grundstücke und Gärten und selbst bloki, wie die Polen ihre übrig gebliebene und noch immer aktuelle Baukunst aus kommunistischen Zeiten nannten, überragten die Stadt in Lindgrün, Altrosa und Gelb.

Eine moderne ganz und gar in Lila gestrichene Straßenbahn sowie ein blau glänzendes Dach eines Einfamilienhauses versetzten mich in höchste Entzückung und ungläubige Verwunderung. Sie hatten es also geschafft, unsere Nachbarn, den Staub der Geschichte wegzufegen und sich architektonisch moderner Kosmetik zu bedienen. Mir entlockte jede Neuentdeckung dieser Art ein Lächeln.

Auch die Menschen wirkten auf mich kosmetisch verändert. Aus den Schaufenstern schrien quietschgrüne und zitronengelbe Handtaschen und Schuhe die neueste Mode ins Land und Frauen jeden Alters verstanden die Signale. Die Stimmen der Menschen waren noch lauter geworden, besonders in Verbindung mit der Technik der Neuzeit, sprich Handy, durfte oder musste man mehrmals täglich an den Privatleben Einzelner teilhaben. Ihr Benehmen galt oft dem Erwecken von Aufmerksamkeit, welche gerade dabei war, die Rücksichtnahme von ihrem vorderen Platz zu verdrängen. Alles Zeichen für aufkeimende Individualität, wachsenden Egoismus, aber auch für eine gesteigerte Lebensfreude, so meine ich. Busenbetont, modediktiert und selbstbewusst begegnete mir die Polin. Der polnische Mann bedurfte zur Bestimmung seiner Veränderung einer genaueren Betrachtung. Zu diesem Zweck tätigte ich meine Studien zumeist in Straßenbahnen, denn in Großstädten wie in meinem Fall Posen bietet es sich förmlich an, die öffentlichen Verkehrsmittel zu benutzen, da das Autofahren sich als nervtötend und zeitraubend erweist. Staus, Umleitungen, Baustellen und berufsbedingte Stoßzeiten stürzen die autoverrückte Nation in ständige verkehrschaotische Zustände, die man sich nur unter Zwang antut.

Ich besorgte mir also jedes Mal eine Monatskarte, die mir zu allen Bussen und Straßenbahnen in und um Posen die Türen öffnete und mir ein Eintauchen in den polnischen Alltag ermöglichte. Und in einer Straßenbahn sollte ich nun auch meine erste Unterrichtsstunde geschlechts-gesellschaftlicher Art erhalten. Ich war schon einige Male zur Universität und zurück gefahren und hatte dabei zumeist aus

Platzmangel gestanden. Nicht weiter schlimm, weil es sich bis zu meiner Universität nur um sechs Stationen handelte. An diesem Tag stand ich kaum wenige Minuten in der Bahn, als sich ein junges Mädchen von etwa 18 Jahren erhob und mir ihren Platz anbot. Ich verstand nicht sofort, schaute mich nach der gebrechlichen Person um, die ja wohl gemeint sein sollte, fand sie nicht, begriff endlich und nahm dann mit einer Kombination aus Dank, Beleidigtsein und Erstaunen den mir angebotenen Platz an. „Sehe ich denn schon so alt aus?", fragte sich meine Eitelkeit. „Bin ich das Opfer einer Ausnahmesituation?", fragte sich meine deutsche Erfahrung. Und während ich noch grübelte und versuchte, eine mir und meinem Alter angemessene Erklärung zu finden, ereignete sich an der nächsten Haltestelle desgleichen. Eine etwa 30-Jährige erhob sich für eine nicht gerade alte, aber sichtlich gehbehinderte Dame. Es stellte sich während meines langen Aufenthalts und der täglichen Benutzung öffentlicher Verkehrsmittel heraus, dass sich ein Solidarpakt speziell unter den Frauen abspielte, der wie folgt ablief: Jung steht auf für deutlich Ältere, Mittelalter steht auf, wenn Jung nicht anwesend ist oder – wie durchaus auch geschehen – sitzen bleibt. Meine Eitelkeit beruhigte sich, mein Beleidigtsein wich der Bewunderung, mein Erstaunen blieb. Das starke Geschlecht der Männer verfuhr nämlich nach anderen eigenen Spielregeln. Die älteren Herren der Schöpfung bildeten eine Sondergruppe, die sich der Pflicht zur Höflichkeit gar nicht unterwarf und mit Selbstverständlichkeit sitzen blieb. Die junge männliche Generation reagierte in Ausnahmefällen – betont kavalierhaft oder aber aus innerem Zwang, weil es gerade an Frauen mangelte, die sie vor der gespielten Höflichkeit hätten bewahren können.

Als ich einen Freund meines Alters nach diesem Unterschied im Verhalten der Geschlechter befragte, antwortete er wie selbstverständlich: „Die Männer sind müde und zerschlagen von der Arbeit und müssen sich erst zu Hause die Unhöflichkeit aus dem Gesicht waschen."

So betrachtete ich also die Männerwelt hier wie dort mit einem zurückhaltenden Schmunzeln, hinter dem sich Bedauern, Mitleid und Sentimentalität verbergen. Es ist schon gewöhnungsbedürftig, dieselben Herren heute müde und zerschlagen auf den Sitzplätzen der Busse und Straßenbahnen wieder zu sehen, die mir noch vor 20 Jahren galant die Hand küssten und wie der Blitz von ihren Plätzen sprangen, damit ich sitzen konnte. Und es wurde mir klar, dass ich in meinem nächsten Leben einfach mal als Mann auf die Welt kommen wollte.

Möge Friede auf Erden sein

May Peace Prevail On Earth

Falscher Punkt auf dem i

Ich wünschte, jeder Mensch würde mindestens einmal in seinem Leben im Blut der Geschichte baden und sich mit den Furchtbarkeiten des menschlichen Hirns beschäftigen müssen, die wir vornehm Historie oder Weltgeschichte nennen.

Ich erinnere mich noch gut an den Geschichtsunterricht meiner Schulzeit kurz vor dem Abitur. Jahreszahlen, Könige, Kriege, Schlachten, Römer, Griechen, Hugenotten, Revolutionen, Aufstände und Bürgerkriege füllten meine Schulhefte. Ich weiß nicht mehr genau, in welcher Klasse ich damals war, als ich die alles entscheidende Frage stellte: „Und was hat der Mensch nun aus seiner und anderer Völker Geschichte gelernt?" Meine Lehrerin, eine mutige, aber auch sarkastische Frau, antwortete mir: „Es hat ihn befähigt, in unserem Jahrhundert den Teufel in Menschengestalt zu gebären." Und schon fuhr sie mit ihrem Unterricht fort – Gleichheit, Freiheit, Brüderlichkeit.

Ich war zu jung, um damals sofort die Tragweite dieser Antwort verstehen zu können, aber ich trug sie mit mir nach Hause und dachte lange über sie nach.

Als ich sie dann begriff, entschied ich mich, statt in Zukunft weiterhin mein Geschichtsheft mit Daten zu füllen, lieber dieser Antwort meine ungeteilte Aufmerksamkeit zu schenken. Ich begann damals, mich der Biografie des Teufels zu widmen und mich mit dieser auseinanderzusetzen. Ich folgte also den Spuren dieser Bestie in Büchern, Filmen, Dokumentationen und Berichten von Augenzeugen. In unzähligen Fragen, gerichtet an alle damals Lebenden, suchte ich nach Antworten, aus denen ich in Wut, Hass, Scham, Verzweiflung und Trauer ein Mahnmal in mir errichtete. Es wurde zu einem Fundament meines Lebens gegen Rassismus, Diffamierung, Intoleranz und Verlogenheit.

Ich wollte nicht zu der schweigenden Masse gehören, die hatte geschehen lassen, dass es zu dieser unsäglichen deutschen, gleichzeitig aber auch Weltkatastrophe gekommen war. Wenn mein Leben politisch zu etwas gut sein würde, dann dazu, auch dann meine Stimme zu erheben, wenn die Masse stumm blieb und ich gegen den Strom schwimmen müsste – selbst auf die Gefahr hin, abgelehnt, attackiert oder sogar bekämpft zu werden.

Und fast wäre mir dies mehr als ein halbes Leben lang gelungen, wäre da nicht mein zweiter Besuch im ehemaligen Konzentrationslager Auschwitz. Während ich meinen ersten Besuch dort mit meinem polnischen Freund absolvierte, ich ohne Gruppenzugehörigkeit, Führung und Störung die Stätte tiefsten menschlichen Leids, aber auch tiefsten menschlichen Versagens durchschritt, gehörte ich bei meinem zweiten Besuch zu einer Reisegruppe. Diese hatte eine Führung gewünscht, da viele von ihnen diese Hölle ihrer Geschichte das erste Mal besuchten. Und so leitete uns eine hagere, streng konservativ gekleidete etwa 40-jährige Frau und führte uns von Baracke zu Baracke. Distanz und Unfreundlichkeit waren ihre Markenzeichen, und so knisterte es selbst dann vor Ablehnung, wenn sie nicht zu uns sprach. Schon nach ihren ersten Worten war offensichtlich, dass sie ihre Aufgabe hasserfüllt und mit einer überheblichen Genugtuung erledigte. Die Betroffenheit unserer Gruppe, ja selbst die Erschütterung einiger, die mit den Tränen kämpften, genoss sie sichtbar. Mehrere Male schaute sie verächtlich in die Gesichter derer, die wagten, ihrem Nachbarn etwas im Flüsterton mitzuteilen, während sie schon begonnen hatte, ihren Text herunterzubeten. Sie scheute selbst nicht davor zurück, uns aufzufordern, den Mund zu halten. Das tat sie mit den Worten: „Wollen Sie nun zuhören oder nicht?"

Wer Auschwitz täglich sieht, muss an Verbitterung leiden oder abstumpfen. Hass ist an diesem Ort allerdings mitnichten das falsche Signal – schließlich handelt es sich um eine sogenannte Begegnungsstätte. Sie gebietet Stille, Einkehr und Demut – und zwar von jedem Menschen der zwei betroffenen Staaten.

Ich spürte, dass mich der von mir empfundene Hass dieser Person jedoch ablenkte, mich immer wieder zurückholte und mich wütend machte. Und doch blieb ich still, ertrug sie und wehrte mich weder durch Wort noch Tat.

Die einzige rhetorische Frage, die ich ihr zum Abschluss ihrer Führung stellte … besser gesagt stellen wollte … oder gern gestellt hätte … also lieber nicht stellte … mich demnach nicht traute … mich aber unbedingt hätte trauen müssen … mich bis heute noch ärgere, sie nicht gestellt zu haben … lautete: „Ich gehe doch sicher recht in der Annahme, dass Sie praktizierende Katholikin sind?"

Maßnahmen gegen Windpocken

Ich pubertierte. Und das mit 33.

Mein Gesicht hatte sich in eine Mondlandschaft verwandelt, ein Ereignis, das mein Intensiv-Partner damit erklärte, dass meine Eigenschaft, ununterbrochen nach den Sternen zu greifen, erste Erfolge verzeichnete. Mein Erzeuger deutete meine entgleisten Gesichtszüge als eindeutiges Anzeichen dafür, dass nun endlich mit jahrelanger Verspätung die Reife auch zu mir gefunden hatte, und er verstand es, Freude und Stolz in seine Stimme zu legen, um seiner Erklärung auch die nötige Überzeugungskraft zu verleihen. Meine Tochter intensivierte ihre Sprachübungen durch endloses „Ei, Mama. Ei, Mama ..." und unternahm ihre ersten Bügelversuche in meinem Gesicht – leider ohne Erfolg. Mein Arzt reichte mir beim Eintreten freundlich seine Hand, lächelte dann über meine richtige Diagnose und verabschiedete mich schneller als sonst, indem er sich und seine Hand erhob und mit ihr päpstlich grüßte. Die Sekretärin, bei der ich mich anschließend telefonisch krank meldete, lachte schallend ins Telefon und blies mir ein Körnchen Schadenfreude ins Ohr, das sich augenblicklich in eine beachtliche an Vollkommenheit nicht zu übertreffende Windpocke verwandelte.

So begann sie, die Geschichte meiner verspäteten Pubertät. Dort, wo ich die Unreife in Reife überführen sollte, an der Grundschule, an der ich als Lehrerin tätig war, hatte es mich erwischt. Die Katze hatte sich selber in den Schwanz gebissen. Nachdem ich meinen noch unreifen Unterricht am letzten Arbeitstag meines unreifen Daseins mit nur zwei Dritteln meiner ebenfalls noch unreifen Schüler absolviert hatte, warf mich mein Brötchengeber zum Zwecke der Reifung eigenhändig aus dem Rennen. Das fehlende Schülerdrittel an jenem für mich schicksalsträchtigen Tag hatte die Pocken bereits in alle Winde verweht. Diese, meine Schüler, reiften also schon etwas früher als ich.

Was diese Windpocken nun aber wirklich mit Reife zu tun haben sollten, erfuhr ich in einem langsamen intensiven Prozess. Diese windigen Gesellen fingen nämlich ganz allmählich an, lästig zu werden. Sie kribbelten und krabbelten unter meiner Haut unaufhörlich hin und her, als hätten sie es sich zum Ziel gesetzt, mich um meinen Verstand zu bringen. Jedem Virus und jeder Bazille, die das bisher versucht hatte – und das waren im Leben schon einige gewesen – hatte ich jedes Mal den Kampf angesagt und auch diesmal war ich wild entschlossen, all meine Streitkräfte zu mobilisieren. Sehr schnell aber merkte ich: Ich hatte die Rechnung ohne den „Wind" gemacht. Meine sonst so zuverlässigen Einsatztruppen versagten mir den Dienst. „Bevor du nicht dafür sorgst, dass die stürmischen Handwerkspfuscher von der Oberhaut verschwinden, wo sie an allen Stellen gleichzeitig ihr Unwesen treiben, läuft bei uns überhaupt nichts", funkten sie meinem Computer hoch – und da stand ich nun in Wind und Regen ohne Schirm. Der erste Tag verging, begleitet von Gitarrenmusik auf den Saiten meiner Nerven.

Mein Erfindungsreichtum wuchs. Ich schnitt mir die Fingernägel auf die Kürze eines Nichts, um blutige Träume zu vermeiden und puderte nach und nach mein Bett zu. Der Schlaf in einer solchen Puderdose muss als sehr staubig bezeichnet werden, was mich ständig zum Husten reizte. Leider blies aber auch der nicht eine einzige Windpocke zum geöffneten Fenster hinaus.

Endlich kam sie mir, die rettende Idee. Sie hieß „ignorieren, gar nicht zur Kenntnis nehmen". Schließlich gab es sie auch gar nicht, diese Windpocken. Erfolg versprach ich mir von einem gezielten Ablenkungsprogramm am folgenden Abend, das mir helfen sollte, schnell und unbeschadet in den Schlaf zu kommen.

Kindheitserinnerungen waren schon immer der Teelöffel Zucker im oft zu bitter geratenen „Gegenwartskaffee" gewesen – und so sah ich mich, blondbezopftes Kind, um die Stallungen der Bergmannskolonie hetzen, in welcher die Großeltern und wir damals zwei Zimmer bewohnten. Eigentlich waren es ja drei, hätte nicht Urgroßvater, durch einen Schlaganfall zum Pflegefall geworden, dieses dritte Zimmer ausschließlich für sich beansprucht. Da lief ich nun, kurzbeinig und mit Angst im Nacken, so schnell ich nur konnte um die Stallungen herum, gefolgt von meiner Mutter, der ich vor all meinen kleineren und größeren Freunden die Zunge gezeigt hatte. Ich weiß heute nicht mehr, was mich zu derartiger Kühnheit veranlasst hatte, jedenfalls war es zu dieser mir heute noch bewussten Verfolgungsjagd gekommen. Ich hörte, wie die Schritte hinter mir lauter wurden, die Stimme meiner Mutter nahm die Lautstärke einer Glocke im Kirchturm an und meine kindliche Angst vor dem bevorstehenden Wutausbruch meines Verfolgers wuchs und verwandelte meine Beine in Bleistäbe. Aus! Jemand hielt mich am Schürzenträger fest, eine Hand fasste meinen Arm, eine ruckartige unfreiwillige Kehrtwende meinerseits – über mir schwarzgelocktes Unheil mit strafentschlossenem Blick. „Klatsch!", begrüßten sich Hand und Wange. Ich fühlte eine Erschütterung in meinem Kopf. Dann stand ich da – meine kleine Patschhand auf meiner rundlichen Wange. Sie brannte und schwoll augenblicklich an. Sie schwoll und schwoll, es kribbelte und krabbelte, ich spürte, wie sich eine Blase bildete, größer und größer wurde. Nein! Um Himmels Willen, nein! Was war das? Eine riesige, rote, auffällige, scheußliche Windpocke wuchs über mein gesamtes Gesicht.

Aus der Traum! Misslungen! Das war schon mal nichts mit der Ablenkung. Erster Versuch restlos gescheitert. Nun ja, Negativerlebnisse eignen sich wohl weniger gut für Verdrängungen von Windpocken-Format. Ich änderte meine Lage, suchte mir eine kühle Stelle an meinem Kopfkissen, legte eine meiner gepustelten Gesichtshälften darauf und genoss für einen Moment die angenehme Kühlung der Haut.

Vielleicht würde die Erinnerung an meine erste große Liebe mir in meiner verzweifelten Lage weiterhelfen. Bisher hatte sie meinen Seelenzustand in allen Lebenslagen stets verbessern können – warum nicht auch jetzt? Es fiel mir nicht schwer, mich in meine Jugendjahre zurückzuversetzen – und schon sah ich mich bei herrlichstem Sonnenschein an meinem polnischen See auf einer Decke liegen, die Augen geschlossen und wartend auf den Augenblick, da er erschien – schwarzhaarig, schlank, sonnengebräunt und mit dem Ausdruck einer ungestillten Sehnsucht in den Augen, die sich bei uns beiden nach einem Jahr Abstinenz voneinander angestaut hatte. Nichts als Briefe waren uns als Austausch von Sympathien und Zärtlichkeiten in der Zeit geblieben, Briefe allerdings, die mir das Gefühl gaben, ihn bis in die verborgenen Winkel seiner Seele zu kennen. Die Sonne wärmte meinen Körper und mein Herz schlug schon jetzt wie der Solotrommler einer Band den nie endenden Rhythmus unserer Liebesmelodie. Da – ein Schatten über mir, ein Mund auf meinen Lippen, Gefühle des Verbranntwerdens im ganzen Körper. Eine wunderbare Art, urplötzlich den Verstand zu verlieren. Es kribbelte und krabbelte wie Ameisen in jeder Pore der Haut. Langsam traute ich mich, die Augen zu öffnen. Um Gottes Willen! Welch ein Gesicht! Rot, geschwollen, verkrustet, und wie ein Blitz zuckte nur ein Wort durch meine gesamte Vorstellung: Windpocken!

Nein! Es hatte keinen Zweck! Die Biester hatten mich besiegt. Es war sinnlos, weitere Versuche dieser Art zu unternehmen – so kam ich nie in den Schlaf! Wütend und enttäuscht stand ich auf. Meine einzige Rettung lag noch unberührt in der Küche herum. So stieg nun der Gesundheitsapostel, Kneippanhänger, Gegner aller Medikamente, Naturheilkundler besiegt hinab in das Tal der Nebenwirkungen. Ein Glas Wasser, ein Antihistaminikum und das elendige Gefühl, einen Lebenskampf verloren zu haben! Es dauerte nicht lange, bis das Chemikal seine Wirkung zeigte. Es beendete den Juckreiz, breitete sich in mir aus, erschwerte meine Glieder, brachte Brummen in meinen Schädel – und ab sofort fühlte ich mich nun endlich krank

Klavier oder Disco

Er – von mittlerer Statur, braunen, etwas gelockten Haaren, einem sportlichen Körperbau, leger gekleidet. Seine freundliche, ruhige, ja fast gelassene Art der heute ersten Begegnung mit mir ließ von Anfang an Sympathie zu. Seine innere Zufriedenheit zeugte von einer schon erreichten Stabilität, obwohl er die 25 gerade erst überschritten hatte. Hektik, Stress, Wut, Nervosität waren mit seinem Erscheinungsbild nicht vereinbar.

Als er sich an das Klavier setzte und zu spielen begann, unterbrachen die Menschen augenblicklich ihre Gespräche, lauschten erst einige wenige Momente lang, um sich dann zu erheben und sich den wunderbaren Klängen zu nähern. Versunken der Pianist in sein Gespräch mit den Tönen, in bewunderndes Staunen gehüllt sein kleines Publikum.

Als er sich nach Minuten der Zurückgezogenheit wieder der Realität zuwandte, suchte er einen kurzen Blickkontakt mit ihr, näherte sich ihr, berührte fast beiläufig, aber doch zart ihren Arm und begann ein Gespräch mit ihrem anwesenden Vater, der als Musiker gut, aber nicht wie er begnadet war. Beide Männer vertieften sich in ein Fachgespräch, während sie sich gelangweilt zu ihrer Schwester und deren Freundin begab und sich sichtbar vernachlässigt fühlte.

Dieses Gefühl wich in dem Moment, als sich die drei jungen Frauen zu einer einzigen großen Frauenstimme verbunden hatten und lauthals ihren Entschluss verkündeten, ausgehen zu wollen in die nächste Disco. Und da zur Realisierung ihres Wunsches ein Auto vonnöten war, allerdings nur *er* eines besaß, befand er sich inmitten des Geschehens, bevor er es überhaupt akustisch wahrgenommen hatte.

Seine Reaktion auf den weiblichen Überfall war verhalten. Im nun folgenden Frage-Antwort-Spiel zwischen den Geschlechtern wurde deutlich, dass seine fehlende Begeisterung und eine gewisse Angst begründet waren. Er wollte nicht schon wieder eine ganze Nacht opfern und befürchtete, dass sie wie immer kein Ende ihres Vergnügens anstreben würde. Nach längerem Hin und Her und ihrer Übermacht in der Gestalt zweier weiterer Frauen ergab er sich doch den Überredungskünsten und entschuldigte sich für diese Planung – in seinen Augen eher Fehlplanung – bei ihrem Vater. Der reagierte mit einem hilflosen Lächeln und winkte nur ab. Wer kannte sie wohl besser als er?

Es vergingen nach diesem Besuch einige lange Wochen, bis sie sich meldete. Sie habe sich von ihm getrennt, denn schließlich habe er nie Zeit für sie, wäre nur mit seinem Studium beschäftigt und frage nie danach, dass sie sich auch mal amüsieren wolle. Seine Eifersucht wäre erst nicht, später dann doch begründet gewesen, und so sei es eben gekommen, dass man sich nach fünf Jahren getrennt habe.

Und wieder winkte ihr Vater nur ab – was ihr allerdings am Telefon verborgen blieb.

Marktgespräch

Zeitpunkt: 27. März 2021 um die Mittagszeit
Ort: Wochenmarkt Gladbeck-Mitte
Kurt Bajon stutzte einen Augenblick lang. Am Plastikstand gegenüber wartete ein Mann, der ihm nicht unbekannt vorkam. Um einer peinlichen Situation, wie er sie schon des Öfteren mit Verwandten und Bekannten erlebt hatte, dieses Mal vorzubeugen, zückte er seinen Minicomputer und tippte folgende Daten ein: männlich, circa 1,80m, um 45, graue Haare, Oberlippenbart, Brille, Ring am kleinen Finger links, Seitenscheitel, sportlich. Und sein Computer spuckte augenblicklich die folgenden Daten aus: Josef Muno, 43 Jahre, Gladbeck, Buchenweg, Chirurg, verheiratet, elf-jährige Tochter, Hausbesitzer, Golfer, Studium Bochum, Examensnote 8.

„Ach ja, der Josef", dachte Bajon. Verändert hatte er sich seit dem letzten Studientreffen vor vier Jahren. Das graue Haar machte eben nicht jünger. Bajon ließ sein Superhirn in die Seitentasche seines Mantels gleiten und machte sich auf den Weg zu Muno, um ihm wenigstens ein paar freundliche Worte zu sagen. Viel Zeit hatte er gerade nicht, denn sein elektronisches Notizbuch hatte heute Morgen auf Befragen mehr Termine ausgespuckt, als ihm dies für einen einzigen Tag durchführbar erschien.

„Hallo, Josef", begrüßte Bajon seinen Bekannten und ließ dabei seine linke Hand freundschaftlich auf dessen Schulter nieder. Der Angesprochene drehte ihm das Gesicht zu und sein Ausdruck glich dem eines Kindes, das zum ersten Mal die bekannte Stimme seiner Mutter aus einem Telefonhörer vernimmt. „Hallo", antwortete er kleinlaut und versuchte mit einem doch sehr gekünstelten Lächeln, seine Unsicherheit zu kaschieren. „Alter Junge, sieht man dich auch mal wieder? Wie geht's? Was macht die Familie?" tönte es selbstsicher aus Bajons Mund. „Danke der Nachfrage – ich – äh – ach, soweit ganz gut." „Was heißt hier, soweit ganz gut? Schwierigkeiten mit dem Töchterlein etwa? Jaja, heute sind Elfjährige ja keine Kinder mehr – sie muss doch so um elf sein, deine Tochter, nicht wahr?" „Ja – ich – äh – glaube – ach, da muss man schon immer eine längere Zeit nachdenken, heute, in unserer schnelllebigen Zeit", und er lachte derart aufdringlich, dass diesmal Bajon ein Gefühl der Unsicherheit nicht ganz verbergen konnte, auf welches er mit einem „Ja, das ist wahr" reagierte. „Also dann, Grüße an die Familie", beendete Bajon seine bewusst herbeigeführte Begegnung und fügte noch hinzu: „Vergiss nicht unser Treffen im August – du kommst doch?" Ohne eine konkrete Antwort abzuwarten, gab er sich mit dem Kopfnicken seines Gegenübers zufrieden, das trotz einer angedeuteten vertikalen Richtung auch horizontale Berührungspunkte hatte, die Bajon allerdings in seiner nun sehr hektisch gewordenen Endphase dieses Gesprächs nicht bemerkte. Er machte sich auf den Weg, nachdem er noch ein letztes Mal seinem Gesprächspartner zugenickt hatte.

Während Bajon sich, wenn auch ein wenig nachdenklich über die ungewöhnliche Wortkargheit seines Altersgenossen, vom Sog des geschäftigen Treibens absorbieren ließ, wirkte die Begegnung bei seinem Gesprächspartner noch ein wenig länger nach. Dieser trat nämlich einige Schritte zur Seite, entnahm seiner Jacketttasche ein ebensolches Gerät, wie es zehn Minuten zuvor Bajon benutzt hatte, und drückte auf seine Identitätstaste. Ebenso prompt reagierte auch sein Gedächtnis und diente mit folgenden Angaben: Josef Barte, 46, Bottrop, Markt-straße 62, ledig, 1,78m, Software-Vertreter.

Seine verlorengegangene Sicherheit kehrte augen-blicklich zurück. Und mit einem ausgiebigen Kopfschütteln überließ er sich wieder dem Rhythmus der Zeit.

Die Einladung

Bis zum heutigen Tag war ich mit dem Erlernen von Muttergefühlen und dem Ausüben von Mutterpflichten recht zufrieden und ausgefüllt. Seit März freute ich mich über jeden Sonnenstrahl, den der Himmel passieren ließ und der uns zwei Frauen die Möglichkeit gab, den sehr gleichförmigen Tagesablauf im Garten, auf der Terrasse und mit dir im Kinderwagen warm und hell gestalten zu können. Nun aber hielt ich eine kleine dunkle Wolke in meinen Händen, die meinen ganz persönlichen Wetterumschwung ankündigte. Ein weißer Umschlag, der eine sehr nette bebilderte Einladung zur goldenen Hochzeit enthielt, störte augenblicklich meine Gefühle, die sich ganz auf Mutterglück, Versorgung und Nähe eingestellt hatten.

Während du in der Küche vor mir auf deinem Hochstuhl mit denselben blauen neugierigen Augen mal auf meine Hände, mal in mein Gesicht schautest, stieg ich in den Intercity Paris–Moskau, öffnete das Kirchenportal in dem kleinen verträumten polnischen Dorf und nahm an dem reich gedeckten Tisch in der Nähe der Musikanten Platz. Ein unzufriedenes Geplapper, unartikuliert und sinnfremd sprudelte aus dem Mund meiner Tante und ein hochfrequenter Dauerton presste sich durch die Lippen meines geliebten Onkels, der mit ausgestreckten Armen und kindlicher Freude in seinem Gesicht schwerfällig auf mich zukam.

Eine kleine Träne, die meine Wange streifte, verursachte ein Kitzeln in meinem Gesicht, und als ich sie mit meiner Hand entfernen wollte, stieß ich mir einen weichen Gegenstand ins Auge. Das Auge reagierte, der Kopf schnellte zurück, und wie elektrisiert blickte ich auf den Schnuller der Flasche, die ich in meiner Hand hielt. Du hattest inzwischen deine kleinen Ärmchen ausgestreckt, um an die Flasche zu gelangen, und deine Laute verdeutlichten mir deinen vollkommenen Unmut über deine Mutter, die zwar mit dem Mittagessen für dich vor dir saß, dich aber nicht beachtete. Ich legte die Einladung auf den Tisch und führte die Flasche zu deinem Mund. Gierig umfassten deine Hände das Glas, dein Mund öffnete sich schon lange vor der Berührung des Schnullers, und ein letzter Stöhner entwich deinem kleinen Körper, bevor du dich nun endlich dem Saugen und Schlucken hingabst.

Fünf Jahre waren inzwischen ins Land gegangen. Wir hatten ein Haus gebaut, ich hatte eine Schilddrüsenoperation überstanden, unser erstes Kind war geboren, und unsere Berufe und Verpflichtungen waren zu Bergen herangewachsen, deren Besteigung jeden Tag aufs Neue unsere ganze Kraft erforderte. Ich genoss deshalb diesen Babyurlaub und glaubte sogar, mich ein Jahr lang erholen zu können, um neue Kraft zu schöpfen für die Zeit danach. Mein geliebtes Polen mit seinen Menschen, unseren Freunden und Verwandten mauserte sich inzwischen langsam zu einer Demokratie. Solidarność, Demonstrationen, Straßenkämpfe, Kriegsrecht – das alles hatte ich über Jahre interessiert in den Medien verfolgt, und in vielen Briefen waren Ängste, Hoffnungen, Kummer und Wut formuliert worden. Zwischen den Zeilen erkannte ich immer wieder Skepsis vor dem Neuen, oft sogar Sehnsucht nach dem Vergangenen. Das Land war gespalten in diejenigen, die unter dem Kommunismus Karriere gemacht hatten und denen es gut ging und in diejenigen, die keine Chance gehabt hatten und sich nun hoffnungsvoll dem Neuen zuwandten.

Ich stand in der Kirche neben dem Brautpaar und schaute auf die Marienbilder, die neben dem Altar einen eigenen Bereich bildeten. Kerzen und Blumen umgaben sie, und während ich den gütigen Blick der Maria bewunderte, die nicht auf ihr Kind, sondern auf mich blickte, nahm ich neben mir die Gebetsworte des Pastors war, ohne ihnen Aufmerksamkeit zu schenken. Wie gebannt blickte ich auf das Marienbild, als sich das Kind auf ihrem Arm zu bewegen begann, mit den Händen ins Gesicht seiner Mutter fasste, mit den Beinen strampelte und – ich traute meinen Ohren nicht – ein Bäuerchen machte. Als es auch noch zu husten begann, dann gluckste und spuckte, wurde ich jäh aus meiner Faszination gerissen. Dein Malheur hatte passieren müssen. Ich wischte dich sauber, nahm dich in meinen Arm und presste meinen Kopf an deinen. Ich streichelte deinen Rücken und spürte Feuchtigkeit unter deinem Hemd. Du hattest gekämpft mit der Milch, der Flasche, deinem Schlucken und dem Husten – und ich hatte dich kämpfen lassen. Ich streichelte wieder und wieder deinen Kopf und deinen Rücken und lief mit dir durch das Zimmer. Allmählich wurde dein Atem ruhiger und gleichmäßig und ich blieb mit dir so vor dem Fenster stehen, dass du hinausschauen konntest. Deine Kopfbewegungen sagten mir, dass du es auch tatest. Ich verließ den Raum. Auf der Straße begegneten mir Nachbarn, die ich grüßte. Sie schauten sich nach uns um. Ich öffnete die Autotüren und ließ das Brautpaar einsteigen. Die goldenen Schleifen an den Türgriffen bewegten sich beim Zuschlagen der Türen und als ich einstieg, hörte ich ihn sagen: „Das Schlimmste war das lange Stehen. Gut, dass wir ab jetzt sitzen können." Im Rückspiegel sah ich, wie sie ihm ein

Taschentuch reichte, mit dem er seine Schweißperlen auf der Stirn abzuwischen begann. Er sah wirklich sehr angestrengt aus. „Hoffentlich übersteht er den Tag", sagte sie, als sich das Auto in Bewegung setzte.

Wir erreichten nach zwei Minuten das Lokal, in dem die heutige Feier stattfinden sollte. Die Tische waren festlich gedeckt, Kerzen und Blumen zierten sie und viele Gäste hatten schon ihre Plätze eingenommen. Der müde Bräutigam hatte meinen Arm ergriffen und bewegte sich langsam und schwerfällig an den Gästen vorbei bis in die vordere Reihe der Tische, wo ihm und seiner Frau die Ehrenplätze bereitet waren. Als er sich auf den Stuhl fallen ließ, waren alle erleichtert, denn seine Anstrengung hatte auf alle Gäste übergegriffen. Ein erstes lautes Lachen ertönte, Geschirr wurde bewegt, aufgeregtes Hin- und Herlaufen begann, und deutsche und polnische Wörter verwoben sich zu einem einzigen großen Geräusch, das mir allzu vertraut war. Nur etwas in diesem Stimmengewirr war noch näher an meinem Ohr, es war dein Atem, der in gleichmäßigen Abständen mein Ohr streichelte und es auf eine seltsame Art zu erwärmen begann. Als die ersten Töne der Musik erklangen, legte ich dich vorsichtig in dein Bett auf die Seite. Die dünne Decke zog ich bis über dein kleines Gesicht, um dich ganz vor den Klängen zu schützen. Du solltest ruhig und geborgen schlafen, damit ich tanzen konnte. Und wie ich tanzte! Kein einziger männlicher Gast konnte sich meiner Tanzwut entziehen. Die Musik spielte Krakowiak, Oberek, Walzer, Polka, Krakowiak, Oberek, Walzer, Tango, Cha-ChaCha. Ich sang polnisch, dann deutsch, dann la-la-la, drehte mich zum tausendsten Mal, schwebte von einer Ecke der Tanzfläche in die andere, lachte jeden an, den ich mit Blicken erhaschte, taumelte im Takt, aus dem Takt, wischte mir die Haare aus der Stirn, aus dem Gesicht, drehte Solopirouetten und erwartete bei jeder

Tanzpause die Wiedergeburt meiner musikalischen Temperamentsausbrüche.

Spät am frühen Morgen fiel ich schweißgebadet und atemlos ins Bett, ließ nur die Schuhe fallen, zog die brennenden Füße in die Ebene und schlief angekleidet, ohne auch nur einen Tropfen Wasser gesehen und gespürt zu haben, sofort ein.

Als ich erwachte, hörte ich dein kindliches schnelles Atmen neben mir und als ich die Augen aufschlug, sah ich dich friedlich schlafend auf der Seite liegen. Lange betrachtete ich dich so, bis das Klingeln an der Haustür mich endgültig weckte. Als ich öffnete, streckte mir ein Mann seine Hand entgegen. „Ein Telegramm", sagte er. „Bitte unterschreiben!"

Mein Mann fand mich wenig später weinend am Tisch sitzen, noch immer das Dokument in Händen haltend. Er las laut: „Polen, Mochy, den 23. 9. 1983, 14.37 Uhr, Onkel gestern gestorben. Beerdigung Samstag."

Posener Wunder

Wir hatten entschieden, unser schönes Haus zu verkaufen. Unsere Kinder würden nach ihrem Studium nicht in unser Dorf zurückkehren. Sie hatten Stadtluft geschnuppert, ihre Freunde dort gefunden und die Vorteile eines städtischen Lebens kennen und schätzen gelernt. Europa lockte zusätzlich mit allerlei Angeboten – und die große weite Welt tat ihr Übriges.

Wir würden den von mir so geliebten großen Garten in Hanglage nicht mehr bewältigen können – mal war es heute schon der Rücken, der schmerzte, mal die Schulter und ein weiteres Mal waren es die Gallensteine, die sich beim längeren Bücken meldeten und sich über Platzmangel beim Eingeklemmtsein beklagten.

Meine Arbeitsaufenthalte und Sprachkurse in Polen, die immer einige Monate im Jahr in Anspruch nahmen, waren auch nicht gerade dazu geeignet, Haus, Haushalt und Garten die notwendige regelmäßige Pflege und Sorgfalt angedeihen zu lassen. Und so war die Entscheidung, dieses uns über die Jahre lieb gewonnene Zuhause an jüngere und stärkere Hände zu übergeben, als logische Folge der augenblicklichen und vor allem zukünftigen Lebenssituation sicher richtig.

Die Einladung zu einer Hochzeit in Posen sorgte für eine kurze gedankliche Unterbrechung in Sachen Hausverkauf und ließ uns endlich mal wieder spüren, was das Leben sonst noch zu bieten hatte. Tanz und Gesang im Kreis netter Leute sorgten für Annäherung und ausgelassene Stimmung. Ein Onkel-Tante-Paar der Braut war selbst zu ernsteren Gesprächen bereit und hatte sogar im Angebot, uns in der Nacht nach Hause zu fahren. Rundum eine für uns zwar unbekannte, allerdings durchaus akzeptable Form einer Hochzeitsfeier.

Das Leben, Traditionen und Finanzen waren auch in diesem Land der Veränderung unterworfen und so erinnerten wir uns an unsere eigene Hochzeit und viele andere, die damals ausschließlich in den elterlichen Wänden nach wochenlangen Vorbereitungen stattfanden und tagelang alles boten, was der magere Geldbeutel der Menschen nur so hergab. Man feierte bis sich die Balken bogen – und nach einer jeden Hochzeit stellte sich der gewonnene Reichtum nur in der Form eines Schwiegerkindes ein.

Die heutigen Paare beginnen zum Teil mit einem beachtlichen Startkapital ihr Glück, welches dadurch allerdings weder an Größe noch an Dauer gewinnt. Wer damals am Punkt Null begann, bekam eine meist ständige Steigerung geboten mit einer beachtlichen Wegstrecke bis zur Zielmarke von hundert Prozent. Ein heutiger Beginn schon bei der Prozentmarke 60 erleichtert zwar einerseits den Aufstieg, verkürzt ihn jedoch auch andererseits und lässt das Paar mit nur geringem Erfolgsgefühl, verhältnismäßig wenig Anstrengung auch den Genuss, endlich den Gipfel erreicht zu haben, geringer schätzen. Hinzu kommt, dass sich in der Regel nach einer gehörigen Anstrengung Erholung, Zufriedenheit und Glück einstellen. Und diese Gefühle zu genießen und so lange wie möglich auszukosten, ist eine Voraussetzung, die in Hinblick auf einen irgendwann einsetzenden Abstieg für die Fortdauer der Beziehung sorgen kann. Es gibt viele Gründe dafür, dass sich die Scheidungsrate sowohl in Deutschland als auch in Polen zusehends einer Rekordhöhe nähert, die nur noch erschreckend ist. Sicherlich ist die veränderte „Bergbesteigung" einer der Gründe dafür. Was die Zukunft nach einer Eheschließung bereithält, wussten weder früher noch heute die Paare, wenn sie ihr Glück auf der Tanzfläche feierten und feiern. Und den Gästen blieb immer nur, nach einer Hochzeit hoffnungsvoll und zuversichtlich von dannen zu schreiten.

Nachdem auch ich das getan hatte, nahm ich meine Arbeit in Polen wieder auf, besprach mit Marta die Übersetzungen für mein neues Buch und bereitete mich innerlich schweren Herzens und mit der Hoffnung, es möge nicht zu schnell gehen, auf die letzten großen Veränderungen in meinem Leben vor. Im Schneckentempo begann ich, mich nach einer Wohnung umzusehen und Georg, der ja noch einige Jahre seinen Beruf in Deutschland ausüben wollte, würde sich um den Verkauf des Hauses kümmern.

Die Blockade, die ich allerdings gegen meine eigene willentliche Abschiebung aufs „Altenteil" empfand, ignorierte ich noch, was mir auch recht gut gelang, weil ich mich intensiver als sonst in meine Arbeit stürzte. Diese lenkte mich ab und sorgte für eine letzte Ruhe vor dem Sturm. Umso aufgescheuchter reagierte ich dann auch auf Marias plötzliche Mitteilung, sie habe eine für mich interessante Wohnung gefunden. Meine eher geringe Lust, sie anzusehen, zerstreute sie mit der Bemerkung: „Erster Stock, hell und günstig." Also vereinbarte ich mit ihr widerwillig einen Besichtigungstermin.

Mein erster Eindruck war niederschmetternd – Plattenbauten, vier Stockwerke hoch, drei Endloshäuser im gleichen Stil, hunderte von Wohnungen mit winzigen tischgroßen Balkonen. So etwas wurde hier „Siedlung" genannt. Ich verband mit diesem Wort eine andere Vorstellung: Ein-, Zwei- oder Mehrfamilienhäuser am Rande einer Stadt.

Nun denn, hinein in das etwa siebzig Meter lange Haus mit dem Buchstaben E, Eingang M, Wohnung 136. Den Besitzer, der uns die Tür öffnete, begrüßte ich flüchtig, kaum dass ich ihm einen wirklichen Blick schenkte. Als ich allerdings in der Diele von seiner Frau mit meinem Vornamen begrüßt wurde, war ich schlagartig hellwach. Sechshunderttausend Einwohner in dieser Stadt, hunderte von angebotenen Wohnungen, ich eine Unbekannte in einem fremden Land – und dann aus dem Munde irgendeines Menschen die Worte: „Guten Tag, Barbara!" Wenn das nicht an Zauberei, Hexerei, Wunder und Magie grenzte, dann konnte es nur ein Wink des Schicksals sein – und zwar mit dem Zaunpfahl.

Heute wohne ich in dieser Wohnung des Onkel-Tante-Paares der hoffentlich noch lange glücklich verheirateten Braut und habe einen Termin bei einer Frau gemacht, die mir aus der Hand lesen wird.

Therapeutische Maßnahme

Seit drei Wochen war ich wieder im Land meiner Vorfahren und quälte mich mit Schmerzen im rechten Fuß herum. Meine Lust am Laufen reduzierte sich zusehends, denn jeder Schritt erinnerte mich daran, dass mein Gewicht zu hoch, mein Schuh zu eng und meine Beine zu alt geworden waren, um in sportlicher Frische und lustvollem Gehen mein tägliches Laufpensum zu absolvieren. Dabei liebte ich es über alles und genoss es, nicht nach dem Autoschlüssel suchen und im Schneckentempo auf die nächste grüne Ampel zusteuern zu müssen.

Mehreren Freunden hatte ich mein Leid geklagt – nicht etwa um ihr Mitleid zu erregen, sondern um eventuell Tipps zu erhalten, was sie an meiner Stelle tun würden. Eine richtige Entscheidung, wie sich zeigen sollte. „Magnetfeldtherapie" hieß die Antwort eines Freundes, der sein Leben beruflich sitzend, seine Freizeit am liebsten vor dem Fernseher bestritt. Seine Diagnose trug den Namen „Rückenschmerzen", und so hatte ihm sein Arzt die genannte Therapie verordnet. Da sich das Therapiezentrum ein bis zwei Haltestellen entfernt von seiner Wohnung befand, bot es sich an, sich an jedem zweiten Tag dorthin zu begeben, um seinen schmerzenden Rücken behandeln zu lassen. Nach der zwanzigsten Anwendung hatten sich dann endlich seine Rückenschmerzen verflüchtigt, was der

Patient selbstverständlich auf die Therapieanwendungen zurückführte. Ich konnte mir allerdings auch vorstellen, dass seine regelmäßigen Wege und Bewegungen das Ihre zur Genesung beigetragen hatten. Wie es auch sei – andere Ratschläge wurden mir nicht zuteil und so schleppte ich mich also zum Therapiezentrum. Das bedeutete: 200 Meter bis zur Straßenbahnhaltestelle, mit der ersten Bahn zum Bahnhof, umsteigen, weiter bis zum Wilson-Park, letztlich noch einen Kilometer zu Fuß.

Ich besorgte mir die ersten zehn Termine, die jeweils nur zehn Minuten dauerten und humpelte nun mehrmals die Woche in die „Hoffnungszentrale", die sich um meinen schmerzenden Fuß kümmern sollte.

Es war Donnerstag. Die Straßenbahn hatte ich hinter dem Park verlassen und mich auf den Weg begeben, der mir heute besonders schwerfiel. Jeder Schritt war so schmerzintensiv, dass es mir vorkam, als liefe ich barfuß über Stacheldraht. Schnell wurde mir bewusst, dass ich diesen winzigen Weg ohne eine Pause nicht bewältigen könnte. Der Schweiß trat mir auf die Stirn, und verzweifelt begann ich, nach einer möglichen Sitzgelegenheit zu suchen. Es schob sich mir eine Bushaltestelle in den Blick, überdacht und mit einer Bank darunter. Das war die Rettung. Langsam humpelte ich auf die Haltestelle zu, nahm als Einzige auf der Bank Platz und entlastete auf diese Weise meinen pochenden und stechenden Fuß. Eine Zigarettenlänge würde vielleicht ausreichen, ihn wieder zu beruhigen. Also entnahm ich meiner Handtasche Zigaretten und Feuerzeug, um in aller Ruhe Kraft für den restlichen Weg zu schöpfen. Ich war allein, was mir gefiel, denn so würde ich niemanden mit meinem Qualm belästigen. Auch meine vor Schmerzen entgleisten Gesichtszüge und mein leises Stöhnen blieben unbemerkt.

Ab und zu fuhr ein Auto vorbei, wenige Leute betraten oder verließen das sich auf der anderen Straßenseite befindende Lebensmittelgeschäft. Ich hatte meine Ruhe, die mir unendlich gut tat. So dankte ich dem Himmel für den Moment dieser Erholung, als sich plötzlich ein Polizeiauto meiner Haltestelle näherte. Es hielt nur einige Schritte weiter, zwei Uniformierte stiegen aus. Während sich einer von ihnen auf den Weg nach gegenüber, wahrscheinlich ins Geschäft begab, steuerte der andere direkt auf mich zu. Da ich mir absolut nicht vorstellen konnte, was ein Polizist von mir wollte, änderte ich meine Haltung in keiner Weise, zog an meiner Zigarette und schaute erst hoch, als ich angesprochen wurde. „Sie rauchen in einem verbotenen Bereich. Bitte machen Sie Ihre Zigarette aus." Ich muss wohl so ungläubig und verdutzt dreingeschaut haben, dass sich der Herr in Uniform die Mühe machte, sich einige Schritte von mir zu entfernen, um am von mir entfernten Ende der Überdachung auf ein kleines Schild, das an der Scheibe von außen klebte, hinzuweisen. Das war bei genauem Hinsehen tatsächlich ein Verbotsschild, hier zu rauchen. „Entschuldigung", reagierte ich endlich, „das habe ich nicht gesehen, weil ich von dieser Seite gekommen bin." „Pech für Sie und für mich keine Entschuldigung", bekam ich zur Antwort. Für das Übertreten sind wir befugt, 500 Zloty Strafe zu berechnen." Er hielt inne und wartete sichtlich auf meine Reaktion. Aber was aus mir herauszusprudeln begann, kann kaum als Reaktion, muss vielmehr als Explosion bezeichnet werden. Hätte dieser Situation eine Prüfungskommission für polnische Sprache beigewohnt, sie wäre begeistert gewesen und ich hätte mit Bravour bestanden. Es blubberte nur so aus mir heraus: „Ich bin Deutsche, arbeite mehrere Monate hier in Polen und bin auf dem Weg ins Therapiezentrum. Ich habe einen kranken Fuß und suchte eine Möglichkeit, eine Pause zu machen, weil ich die Schmerzen nicht ertragen konnte. Es ist mir unbekannt, dass an einer Haltestelle nicht geraucht werden darf. Das kann doch nur eine neue Erfindung sein. In anderen polnischen Städten habe ich auch noch nichts davon gehört." Und während ich Atem holte, um den nächsten Redeschwall zwecks Ersparnis von einigen Zloty zu entsenden, sagte mein Gegenüber: „Ja, diese Regelung gilt seit etwa einem Monat hier in Posen und ist auch überall bekannt gegeben worden, in den Zeitungen und im Regionalfernsehen." „Sehen Sie, das kann ich gar nicht wissen, denn erstens habe ich keine Zeitung, zweitens bin ich erst seit drei Wochen wieder in Posen und drittens glaube ich nicht, dass Sie mir wirklich 500 Zloty für eine Zigarette abnehmen wollen, die keinen Menschen in diesem Land gestört hat." „Aber das sind meine Vorschriften und nach denen habe ich mich zu richten", konterte der Beamte und fuhr fort mit der Frage: „Können Sie sich ausweisen?" ‚Auch das noch', dachte ich, weil ich genau wusste, dass ich das nicht konnte, zumindest nicht in Form eines Ausweises. ‚500 Zloty!', schoss es mir durch den Kopf. ‚Dafür muss ich fast 15 Stunden Deutschunterricht erteilen. Ich werde das nicht bezahlen – dann mache ich lieber einige Tage frei und schaue mir ein polnisches Gefängnis von innen an und habe wieder mal etwas dazugelernt.' Ich begann, in meiner Handtasche nach dem Portemonnaie zu suchen, aus dem ich nun zwar keinen Ausweis – denn der lag in meinem deutschen Portemonnaie in Wilda – stattdessen aber meine Monatsfahrkarte mit Passbild herausnahm. Diese hielt ich der Staatsgewalt entgegen und bemerkte: „Wenn Sie mehr von mir sehen wollen, kann ich Sie nur nach Wilda in die Sikorskiego bitten. Dort habe ich Ausweis und Führerschein. Ich fühle mich hier zu Hause und trage das deshalb nicht ständig mit mir herum." Und während er sich nun die Fahrkarte und das Passbild anschaute, dachte ich an das deutsche Sprichwort „Angriff ist die beste Verteidigung" und holte noch einmal Luft, um nun alles auf eine Karte zu setzen und vielleicht mit jedem polnischen Wort mindestens einen Zloty zu sparen. „Wenn Sie mir wirklich 500 Zloty abnehmen, die ich im Übrigen weder bei mir noch zu Hause habe, werde ich mir sofort eine Fahrkarte nach Deutschland kaufen und dieses Land verlassen. Mein Ziel, für ein besseres Verständnis unserer beiden Länder zu sorgen, habe ich dann eben wegen einer Zigarette nicht erreicht. Und meine Meinung über die hier lebenden gastfreundlichen und hilfsbereiten Polen werfe ich dann ebenfalls in die Mülltonne. Außerdem hätten dann ja meine Studien der polnischen Sprache an der UAM auch nicht dafür gesorgt, 500 Zloty zu sparen – und ich kann sie beenden." Während dieser fast erpresserischen Versuche, das Ruder noch herumzureißen, bemerkte ich ein leichtes Grinsen im Gesicht des Mannes. „Und was schlagen Sie nun vor? Was soll ich jetzt mit Ihnen machen?", fragte er immer noch so ruhig wie vorher.

„Hätten Sie nicht diese Uniform an, wäre eine Einladung zum Kaffee eine nette Geste", antwortete ich. „So aber müssen Sie wohl doch ein Mandat schreiben. Ich schlage 20 Zloty vor. Damit wäre der pädagogischen Maßnahme einer Bestrafung Genüge getan. Dieses Erlebnis werde ich nie vergessen und meine Zigaretten lieber in Zukunft stecken lassen. Außerdem könnte ich dann eine positive Geschichte über unseren Vorfall hier schreiben. Ansonsten würde es eine traurige und meine allerletzte in Polen werden."

Der Gute zückte Papier und Bleistift, schrieb in ein Formular meine Personalien und den Betrag von 20 Zloty, nahm das Geld entgegen und wünschte mir lächelnd und höflich gute Besserung. Beinahe hätte ich gefragt: „Für was denn das?" Vor lauter Aufregung und verbalem Kampf hatte ich meinen kranken Fuß ganz vergessen.

Mein Fuß erholte sich nach den Therapien, das Mandat hängt eingerahmt zu Hause an der Wand. Es hat für mich die Bedeutung einer Trophäe im Wert von 480 Zloty, die mir von amtlicher polnischer Stelle dafür überreicht wurde, dass ich mit Einsatz und Liebe versuchte, die polnische Sprache und das polnische Leben zu erlernen und zu verstehen. Und was das Besondere an diesem Erlebnis ist: In keinem der Lehrbücher und Kapitel zum Erwerb der polnischen Sprache hätte ich die Vokabeln und Redewendungen für eine solche Situation erlernen können.

Hände

Wie oft hatte ich Gesprächen gelauscht, in denen es darum ging, worauf Menschen beim anderen Geschlecht achten, auf was sie zuerst schauen und welche Körperteile ihr spezielles Interesse finden. Beine, Po, Brüste, Gesicht, Haare, Augen waren die am häufigsten genannten Betrachtungsobjekte.

Meine Aufmerksamkeit richtete sich zwar auch auf die genannten Körperregionen, aber zusätzlich spielten bei mir Hände eine wichtige Rolle. Die hatte ich im Leben auf so unterschiedliche Weisen kennen und schätzen gelernt, weil sie mir symbolträchtig genau Auskunft gaben über mein Gegenüber.

Einer meiner jüngeren Cousins hatte mich als Kind ständig gekniffen, wenn er wütend wurde, und mir fehlt bis zum heutigen Tag jede andersartige Erinnerung an seine Kinderhände. Lehrer Klein, damaliges Auslaufmodell an meiner Volksschule (Grundschule), bestrafte uns mit Rohrstockschlägen durch die Hand. Ich erhielt einen einzigen Schlag, aber der hatte es in sich, denn er sorgte für ein schreckliches Blitzlichtgewitter in meinem ganzen noch kleinen Körper. Lieber erinnere ich mich daran, dass ich Großmutter oft meine Hände lieh beim Abwickeln von Wollsträngen, um Wollknäuel zu wickeln. Und mit Geigen-

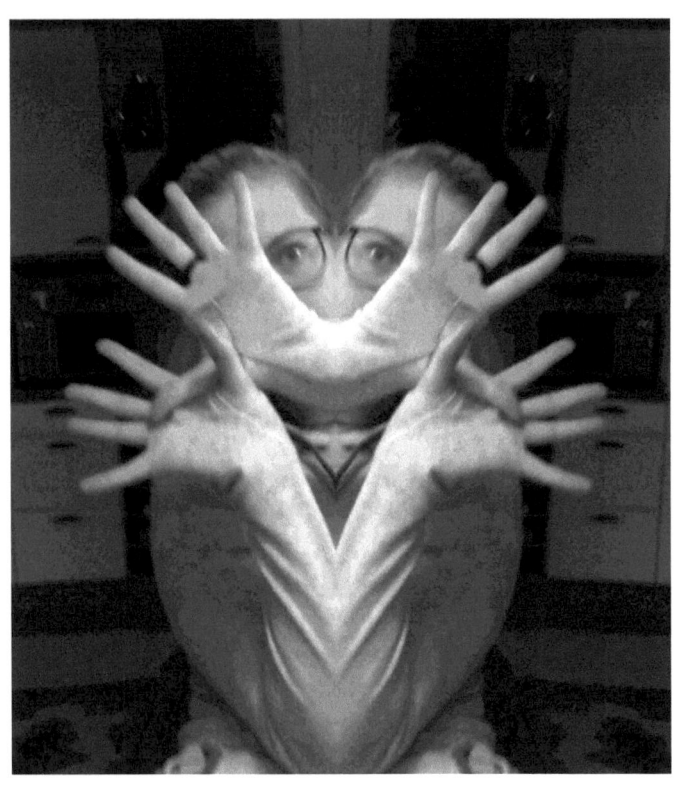

und Klavierspiel zauberten Mutters und meine Hände Musik in die Ohren der Menschen. Immer wieder sprachen also Hände das aus, was Menschen miteinander oder gegeneinander verband.

Eine starke Erinnerung verbinde ich mit der Vorbereitung zu meiner Abiturfeier, bei der in unserer häuslichen Küche Salate und Suppen für die Party hergerichtet wurden, um die Gäste später satt zu bekommen. Der Verlobte meiner vier Jahre älteren guten Freundin hatte eine Kochlehre absolviert und seine Hilfe angeboten. Ich sah mit Entsetzen, wie unter seinen klobigen, ungeschickten Händen ein Reissalat entstand. Sein Arbeitsplatz sprach Bände – alles stand durcheinander, es fiel mehr als nötig neben die Schüssel, seine Hände klebten und er dampfte und schwitzte. Ich aß von dem Salat bei der Feier nichts. Mein Sättigungsgefühl hatte schon beim Betrachten der Herstellung eingesetzt, denn diesen Händen hatten die Liebe, die Umsicht und wahrscheinlich auch das Talent gefehlt, Appetit durch Appetitlichkeit zu erzeugen.

Dürer war mit seinen „Betenden Händen" berühmt geworden, Tucholsky war mit „Mutters Hände" eine wunderbare Betrachtung gelungen – und so war ich mir sicher, dass Hände eine Symbolkraft besaßen, die es nur zu verstehen galt.

Großmutter sehe ich noch heute Pakete packen für ihre Schwester, ihre Schwägerin und deren Familien in Polen. Wenn sie das mal nicht tat, dann strickte sie und häkelte, stickte und knüpfte rund um die Uhr, um uns und andere Menschen mit den wunderbaren Ergebnissen zu beglücken.

Ach, wie vielen Händen war ich schon begegnet! Schreibenden, musizierenden, gebenden, nehmenden, schlagenden, streichelnden, betenden Händen.

Heute sollte ich wieder einigen Händen begegnen, die sich wahrhaft zusammengefunden hatten, um mir in einer schwierigen Situation zu helfen. Die polnisch-deutsche

Gesellschaft, der ich beigetreten war, um ihr meine nachbarschaftlichen Hände zum Gruß, zur Freundschaft, zur Versöhnung anzubieten, wollte mir heute eine erste Antwort geben. Elżbieta hatte einen Hilferuf für mich in die Internetpostkästen der Mitglieder versandt mit der Bitte um Hilfe bei meinem Umzug innerhalb der Stadt. Und es dauerte nach dem Hilferuf nur eine knappe Stunde, bis sich Jerzy meldete, um mir Auto und Hände anzubieten. Ob es noch zu weiterer Hilfe kommen werde, müsse man abwarten. Ein anderer Mann meldete sich, bei dem ich mich spontan bedankte und den ich an Jerzy weiter verwies. Hundert Stufen mussten hier bezwungen werden – also zweihundert pro Karton, pro Möbelstück, von denen ich hier glücklicherweise nur sechs eher kleine besaß. Aber wenn ich an die vielen schweren Kartons mit Büchern dachte, schämte ich mich erstmals meines Berufes.

Fremde Menschen, die mich gerade erst einige Male wenige Stunden lang gesehen hatten, waren bereit, mir zu helfen, während wenige andere, die meine Gastfreundschaft gerne und ausgiebig genossen hatten, sich in Schweigen hüllten. Ja, sie gehörten wohl zu der Gruppe von Menschen, die es vorzog, ihre Hände immer nur in eine einzige Richtung zu bewegen – zu sich hin.

Auf diese Art sind auf der Welt noch nie gute Brücken gebaut worden, über die es sich lohnt zu gehen, um dann am Ufer gemeinsam innezuhalten, wo eine Hand die andere wäscht.

Früher ...

War Schämen an der Tagesordnung. Oma schämte sich, wenn Opa zu laut sprach und damit die Aufmerksamkeit der Nachbarn, der Passanten, der Straßenbahnbenutzer, der Arztbesucher, der Eltern, der Kinder und aller sonstiger Gehörbesitzer auf sich lenkte – und damit natürlich auch auf Oma. Mama schämte sich, wenn Papa sie, den Stockschirm über seinen Gipsarm gehängt, begleitete und damit den Nachbarn, den Passanten, den Zugreisenden, den Freunden, den Bekannten, den Eltern, den Kindern und sonstigen Sehenden ein Lächeln entlockte – das auch irgendwie ihr galt.

„Schäm dich!", hatte es oft genug geheißen und ich hätte es gern getan, hätte ich gewusst, wie es ging. Den Versuch, mich zu schämen, habe ich unzählige Male unternommen – das Gefühl, es habe geklappt, hatte ich dabei leider nie.

Mit dem Älterwerden begriff ich, dass das Problem zu packen sei, da ja zwei Mitglieder der Familie die Technik des Sich-Schämens beherrschten. Es musste wohl ausschließlich Frauensache sein, denn bei Opa und Papa hatte ich entsprechende Fähigkeiten nie erkannt – vielleicht machten sie auch nur keinen Gebrauch davon. Da ich später ja höchstwahrscheinlich eine Frau werden sollte, sah ich die

Notwendigkeit ein, mir dieses fehlende Merkmal unbedingt anzueignen.

Ich begann also, Oma und Mama immer dann zu beobachten, wenn sie sich wahrscheinlich schämten. Und ich kam dabei zu folgenden Erkenntnissen:

1. Es waren, wenn das Schämen begann immer andere Leute dabei oder sichtbar oder wenigstens fühlbar (hinter den Gardinen ihrer Fenster zum Beispiel).
2. Es waren immer Männer, die dafür sorgten, dass die Frauen sich schämen konnten (zum Beispiel sorgte Opa dafür, dass Oma sich schämen konnte).
3. Beim Schämen guckten die Frauen immer die entsprechenden Männer an und mieden den Blickkontakt mit den anderen Leuten.
4. Das Schämen endete immer damit, dass sie ihm sagte, sie habe sich geschämt und warum. Sie klang dann immer recht vorwurfsvoll und er reagierte verständnislos.

Nun hätte mir doch eigentlich alles klar sein müssen. Leider war das Gegenteil der Fall. Wenn doch unbedingt ein Mann dazu gehörte, damit sich die Frau schämen konnte, wieso forderte man mich dann dazu auf? Ich hatte doch noch gar keinen Mann. Oder sollte ich da ebenfalls Opa und Vater zu Hilfe nehmen? Das wollte mir aber eigentlich nicht so recht in den Kopf und so blieb es also bei meiner Unfähigkeit in Sachen Schämen.

Viel später erst, als ein Mann begann, so zu mir zu gehören wie mein Vater zu meiner Mutter, erinnerte ich mich an meine kindlichen Schwierigkeiten zurück. Und mein „Ja!" auf seine Frage, ob ich ihn heiraten wollte, kam wie selbstverständlich über meine Lippen, denn endlich würde ich die Gelegenheit bekommen, mich in die Geheimnisse des Schämens einzuarbeiten.

Seltener Einkauf

Frau Mertens stand in der Boutique und hielt den grünen Zweiteiler in der Hand, den sie aus der Menge Kleider in der Größe 44 herausgefunden hatte. Sie schaute ihn sich von allen Seiten an, hielt ihn mit der rechten Hand vor ihren Körper und strich mit der linken über ihn und ihren Bauch. Der Stoff fühlte sich glatt und angenehm an, und auch die Farbe des Kleides gefiel ihr. „Probieren Sie es an, ein solches Teil muss man immer erst am Körper sehen, bevor man es richtig beurteilen kann", bemerkte die Verkäuferin und nichts anderes hatte Frau Mertens vor. Sie bewegte sich mit dem Teil schon auf die Kabine zu, als sie sich noch einmal umschaute, um der Verkäuferin die Frage zu stellen: „Und wie teuer ist dieses Kleid?" Die Verkäuferin folgte ihr und begann, an dem Kleid herumzufingern, um das Preisschild zu finden. Nach mehrmaligem Drehen und Wenden fand sie es, schaute kurz darauf und teilte der Kundin mit: „149,90 Euro". Zufrieden, wenn nicht sogar etwas überrascht über diese Mitteilung verschwand die Kundin in der Umkleidekabine und hoffte nun, dass dieses Kleid an ihr halten würde, was es auf dem Bügel versprach. Ein erster Blick in den Spiegel der Kabine entlockte ihr ein verhaltenes Lächeln, denn so viel stand schon jetzt fest: Diese Farbe war genau diejenige, die schon immer ihrer Geschmacksrichtung entsprochen hatte, und der kurze Blick in den Spiegel bestätigte ihr, dass sie auch zu ihr passte.

Als sie die Kabine verließ, um nun den größeren Spiegel in der Nähe der Kasse aufzusuchen, folgte ihr die Verkäuferin auf Schritt und Tritt. Frau Mertens drehte sich vor dem Spiegel in alle Richtungen, betrachtete sich aufmerksam von jeder Seite und kam immer mehr zu der Überzeugung, dass sie genau dieses Kleid und kein anderes gesucht hatte. Ihrer sich breitmachenden Freude über diesen Fund wurde allerdings augenblicklich durch folgende Bemerkung der Verkäuferin Einhalt geboten: „Ich habe Ihnen ja schon den Preis des Kleides mitgeteilt. Die Anprobe mit der zwei-maligen Benutzung der Ankleidekabine schlägt allerdings jetzt noch mit je sechs Euro zu Buche. Es handelt sich dabei um die Kabinennutzungsgebühr, die von jedem Kunden verlangt wird, der eine Anprobe tätigt." Und bevor Frau Mertens begriff, was ihr da mitgeteilt wurde, fuhr die Verkäuferin auch schon fort: „Die Spiegelnutzungsgebühr käme dann noch mit vier Euro dazu, denn Sie werden ja verstehen, dass all diese Gegenstände ja auch angeschafft werden mussten und dem Verschleiß unterliegen."

Frau Mertens verstand eigentlich gar nichts von dem. Ihr erstaunter Blick verriet, dass sie in diesem Wechselbad ihrer Gefühle nun nicht mehr wusste, ob Freude, Ärger, Unverständnis oder sogar Wut von ihr Besitz nahmen. Das Einzige, was sie augenblicklich vorbringen konnte, war die Frage: „War es das?" Aber mitnichten. „Eigentlich schon", antwortete ihr die Verkäuferin, „es sei denn, Sie wünschen noch eine Verpackung für das Kleid. Das würde noch einmal einen Betrag von 2,50 Euro bedeuten, wobei ich denke, dass Sie das auf alle Fälle in Anspruch nehmen sollten, denn ein so kostbares Stück werden Sie doch nicht unverpackt in eine Einkaufstasche pressen. Sie hätten dann nichts als Ärger, wenn sie es zu Hause als Erstes wieder bügeln müssten." Während der letzten zehn Worte hatten sich Frau Mertens Beine schon auf den Weg in die Kabine begeben, ohne dass sie es wirklich gewollt hätte. Sie zog ihr Traumkleid wie in Trance aus, kleidete sich an und vergaß völlig, ihre in Unordnung geratene Frisur wieder zu richten. Das vergaß sie nie, denn nichts war ihr heiliger als ihr Äußeres. Normalerweise kämmte sie sich nach jeder Anprobe, zog sich die Lippen nach und nutzte diese Zeit noch einmal für oder gegen eine Kaufentscheidung. Diesmal verließ sie ungekämmt und ohne neue Farbe auf den Lippen nicht nur die Umkleidekabine, sondern gleich festen Schrittes die Boutique. Das heißt, sie wollte sie verlassen, denn als sie sich der Doppelglastür näherte, bemerkte sie im letzten Augenblick, dass sie geschlossen war und sich auch nicht wie sonst überall üblich, kurz vor Erreichen automatisch öffnete. Mit ihrem heftigen Bremsvorgang beschäftigt verlor sie etwas die Spur, wankte und stieß gegen ein riesiges Schild neben der Tür mit der Aufschrift: „Bitte beim Verlassen unserer Boutique einen Euro in den Türautomaten werfen. Danke und auf Wiedersehen."

Die Würde des Menschen ist unantastbar

Deutschstunde in einer achten Klasse, Unterrichtszeit von 8:00 Uhr bis 8:45 Uhr. Zur Pflichtübung eines jeden Lehrers, der in der ersten Stunde unterrichtet, gehört es, die fehlenden Schüler der Klasse in eine Liste im Klassenbuch einzutragen. Als Einziger fehlte Detlef, eine wenig traurige Tatsache, die den Lehrer hoffen ließ, heute ohne dessen Showelemente im Unterricht auskommen zu können. Detlef gehörte nämlich zu den Schülern dieser Schule, die mit ihrer Anwesenheit weniger die Möglichkeit auf Bildung verbanden, sondern diese Anstalt im wahrsten Sinne des Wortes mit der Vorsilbe „Irren- " belebten und alle Anstrengungen unternahmen, um diese Institution Schule in ihre ganz persönliche Irrenanstalt umzufunktionieren. Diese Schüler folgten einem inneren Zwang zur ständigen Selbstdarstellung. Ihre Mitschüler dienten ihnen als Publikum, während der Lehrer in der Rolle des Zirkusdirektors mit der Raubtiernummer beauftragt war. Als Applaus dienten dem jeweiligen Akteur alle nur möglichen Gesichtsausdrücke und Reaktionen seines Publikums, die auf einer Skala zwischen tobend bis anerkennend immer wieder neue Nuancen entstehen ließen. Blieben Ovationen des Publikums aus, so konzentrierten sich die Akteure darauf, das Gefühlsleben des Zirkusdirektors durcheinanderzubringen und zwar so lange, bis er endlich in die Rolle des Dompteurs schlüpfte und damit die Zirkusnummer für eröffnet erklärte.

Die Detlef-Show fiel also heute glücklicherweise aus, was bedeutete, dass die besetzten Nebenrollen durch die Abwesenheit des Hauptdarstellers endlich auch mal eine Chance erhielten, die Bühne zu erobern. Wenn nun also diese Deutschstunde nicht dazu verhalf, der Klasse die unterschiedliche Anwendung des Dativs und Akkusativs klarzumachen, so hatte sie doch einen Erfolg zu verzeichnen im Hinblick auf Detlefs eventuelle Nachfolge. Keine Frage – jede Unterrichtsstunde hat ihren tieferen Sinn, selbst wenn sie die eigentliche Intention verfehlt. Kurz: Jeder Misserfolg ist immer auch mit Erfolg verbunden.

Der heutige Erfolg dieser Stunde sollte sich erst zur großen Pause im Lehrerzimmer offenbaren. Detlef war in aller Munde, und das, obwohl er heute gar nicht anwesend war. Aber da wurde ich eines Besseren belehrt. Er hatte es heute in der ersten Stunde vorgezogen, seinen ortsansässigen Zirkus in einen Wanderzirkus zu verwandeln und ein größeres Publikum mit seiner Kunst zu erfreuen. Den Spruch „Man kann nicht auf allen Hochzeiten tanzen" hatte Detlef außer Kraft gesetzt.

Sein Erfindungsgeist hatte eine neue Attraktion erdacht, die er heute seinem Publikum als „Welturaufführung" angeboten hatte. Das Besondere an ihr war, ihr fast pantomimischer Charakter. Detlef war während seiner scheinbaren Abwesenheit von Klassentür zu Klassentür gewandert, hatte eine jede von ihnen geöffnet, hinter der in allen denkbaren Fächern Unterrichtsversuche stattfanden, sein wenn auch nicht gerade hübsches, so doch mimisch interessantes Gesicht eine Elle lang in die entsprechende Klasse geschoben und einen ganz besonderen Gutenmorgengruß auf die Reise geschickt. Dieser Gruß hatte das Format eines aus tiefster Seele in die Freiheit gelangenden

Rülpsers, der in Windeseile den Klassenraum durchflog und auf dem Lehrerpult Platz nahm. Und während sich dieses Flugobjekt noch im Landeanflug befand, wurde die Klassentür schon wieder geschlossen, ohne eine Reaktion des Flughafenpersonals abzuwarten.

Das gesamte Lehrerzimmer war in Bewegung geraten. Ungeordnet schnatterten alle „Getroffenen" durcheinander. Die Einzige, die über diese „Detlefiade" schmunzeln konnte, war ich, denn irgendwie hatte das Ganze doch aus meiner Sicht einen Hauch von Gerechtigkeit. Statt einer Dreiviertelstunde Showtime in *einer* Klasse hatte Detlef heute in Sekundenabschnitten in der ganzen Schule zugeschlagen und seine Visitenkarte in jeden Klassenraum geworfen.

Eine Woche war vergangen. Im Sprechzimmer saßen Detlefs Eltern und Detlef in Erwartung der Dinge, die da kommen würden. Der Klassenlehrer hatte eingeladen und aus vorangegangenen Besuchen wusste er, dass in diesem speziellen Fall der Apfel absolut nicht weit vom Stamm gefallen war. Er hatte bei diesen Eltern noch nie daran zweifeln müssen, dass es sich hier um Detlefs leibhaftige Erbgutträger handelte.

Mit großer Sicherheit, ernster Miene und einer Körperhaltung, die den Willen zur Überzeugung dokumentierte, betrat der in Pädagogik Ausgebildete den Raum. Größer als sonst also schritt er zunächst auf die Mutter zu, reichte ihr wortlos, dafür aber mit vielsagendem Gesichtsausdruck die Hand und wandte sich dann an den Vater, um auch diesen zu begrüßen. Er verzichtete im Verlauf der ersten Sekunden auf das sonst stattfindende erste einführende Wortgeplänkel, auch unterließ er bewusst sein Räuspern und Stuhlrücken sowie sein sonst übliches einleitendes „Tja". Stattdessen stellte er sich gerade und aufrecht vor die Gesellschaft der Geladenen, etwa so, als wollte er einen Schwur tun oder aber seine volle Körpergröße schätzen lassen, öffnete dann seinen Mund, um einen deutlich vernehmbaren tief empfundenen Rülpser auszustoßen, schaute noch einmal flüchtig in die Gesichter der hier Erschienenen und trat ebenso sicher wie entschlossen seinen Rückzug an.

Als er die Tür hinter sich ins Schloss fallen ließ, wurde ihm übel.

Europas Blut

Erst bei einem längeren Aufenthalt lernt man Land und Leute kennen, ihre Gepflogenheiten und ihre Eigenarten. So brauchte es auch bei mir einige Zeit und einige Begegnungen, bis ich begriff, warum unsere polnischen Nachbarn auf der Medizinschluckliste statistisch einen Logenplatz einnehmen und ihren Medizinmännern mit besonderer Gutgläubigkeit begegnen. Meine etwas klapprige Mitralklappe hatte nach einer Schilddrüsen-operation zu einer Indikation geführt, die zwar auch in Deutschland nicht Standard war, aber doch allgemein bekannt. Der über hunderte von Jahren praktizierte Aderlass war bei mir mit Erfolg zur Anwendung gekommen und entlastete Monat für Monat mein Herz und seine defekte Klappe. Hundert Milliliter meines kostbaren Blutes flossen also regelmäßig selbsttätig aus meinem Körper und ver-hinderten schon einige Jahre lang die Einnahme chemischer Gifte, wie ich manche Medikamente zu nennen pflege.

Natürlich waren auch in Deutschland Ärzte und Apo-theker nicht gerade angetan von einer derartigen Patien-tentherapie – denn was konnten sie schon daran verdienen? Skeptisch bis ungläubig waltete allerdings mein Hausarzt seines medizinischen Amtes und schrieb brav die wenigen Euro auf seine Rechnung.

Was der Kardiologe verordnete, hatte der Hausarzt schließlich nicht in Frage zu stellen. Mich interessierten die Skeptiker nicht, denn ich allein spürte, dass der beabsichtigte Erfolg auch tatsächlich jedes Mal eintrat. Ich fühlte mich nach einer derartigen Maßnahme entlastet, Druck wurde von mir genommen, mein Schlaf besser und die Atmung bei Anstrengung erleichtert. Gründe genug, den kleinen Zeitaufwand in monatlicher Regelmäßigkeit zu leisten.

Im Glauben, dass das Überschreiten einer europäischen Grenze dieser Maßnahme keinen Abbruch tun würde, wanderte ich also in Polen geradewegs in ein Ärztezentrum mit Chirurg, Hautarzt und Gynäkologe, um mein Anliegen zu formulieren. Nein. Blut könne man mir hier nicht abnehmen, dazu müsse ich mich in das ein Kilometer weiter entfernte Krankenhaus begeben. Mit einem Zettel in der Hand, auf dem sich Name und Anschrift des Krankenhauses befanden, verließ ich drei Ärzte, denen es ein Leichtes gewesen wäre, mir ein wenig Blut zu entnehmen. Da ich gut zu Fuß war und der Tag noch jung, wanderte ich also frohen Mutes in Richtung Krankenhaus. An der Rezeption und Information traf ich auf einen sehr freundlichen hilfsbereiten Herrn, der mir nicht nur den Namen einer Ärztin nannte, sondern mich mit großem Vergnügen auch persönlich dorthin geleitete. So viel Aufmerksamkeit und Liebenswürdigkeit hatte ich nicht erwartet. Ich bedankte mich brav, nachdem er mich der Dame übergeben hatte. Diese nahm mich nicht weniger freundlich in Empfang, bat mich in ein Sprechzimmer und hörte sich mein Anliegen an. Meine Blauäugigkeit wurde auch hier ad absurdum geführt und ich blieb abermals erfolglos. Ich müsse mich zum Blutzentrum in Posen begeben – dort könne man Blut spenden und dort wäre ich an der richtigen Stelle. Das Unverständnis in meinem Blick veranlasste Frau Doktor nur noch dazu, ihr Bedauern damit zu begründen, dass es Vorschriften gebe, gegen die sie nicht verstoßen wolle. Sie schrieb mir noch die Adresse meiner dritten Station auf, die ich aus Gründen der Entfernung mit einem Taxi erreichte. Noch wusste ich nicht, dass ich an der Spitze des Eisberges angekommen war. Hier wurde ich, nachdem ich mich durchgefragt hatte, von einer Dame im weißen Kittel Marke Ärztin abgefertigt wie eine gerupfte Weihnachtsgans. Es gebe keine Indikation solcher Art … man könne hier einen halben Liter Blut spenden … mit hundert Milliliter wäre es nicht getan … Aderlässe wären Märchen aus den letzten Jahrhunderten. Als ich mich erdreistete, der Dame in Weiß zu erwidern, dass auch alte oder einfache medizinische Therapien zum Erfolg führen können, wofür ich ja schließlich ein Beispiel wäre, beendete sie kurzerhand diese unschöne Begegnung, indem sie sich erhob und sich der Tür näherte. Ich erkannte, dass sie Gott näher stand als den Menschen und mein Polnisch noch nicht ausreichte, um ihr das zu sagen, was nötig gewesen wäre. Ohne ein weiteres Wort ging ich an ihr vorbei, erreichte als Erste die Tür und verließ auch diese Institution erfolglos.

Soweit die offizielle Geschichte meines deutsch-polnischen Blutes im Land meiner Vorfahren. Die inoffizielle endet erfolgreich, denn auf der Bühne des Lebens treten neben den Institutionen auch Menschen auf, einer meiner Freunde, eine ihm bekannte Krankenschwester und die Bereitschaft, sich gegenseitig helfen zu wollen.

Das Blut Europas wird nach dieser meiner Erfahrung immer nur dort fließen, wo sich Menschen treffen – in den Adern der Gesetzgeber, Institutionen und der meisten Politiker gefriert es zu Eis. Es wird noch lange dauern, bis die Verantwortlichen für ein geeintes Europa endlich auch zur Ader gelassen werden.

Großstadtflair auf Schienen

Posen – Stadt meiner heimlichen Liebe, meiner Träume und Alpträume, in der ich mich auch zu Hause fühle! Die Posener Bürger sind stolz auf ihre Stadt, weil sie zu den saubersten zählt. Das sagte mir eine Polin, als ich sie fragte, warum sie hier seit über 30 Jahren lebt, obwohl Mutter und Geschwister mehr als hundert Kilometer entfernt leben und sie oft dahin unterwegs ist.

Das kann ich inzwischen bestätigen. Bierdosen, Papier, Zigarettenkippen und Hundegranaten sucht man in Parks, auf Gehwegen und in den großen Siedlungen vergebens. Wir sprechen hier nicht von Hinterhöfen, Wohngebieten sozial Schwacher, erst recht nicht von baulichen Zuständen der Gebäude, Straßen und Gehwege. Das war ein Thema in Polen – und das ist es bis heute. Vielleicht war es das aber auch nie, was erklärbar machte, dass diesbezüglich bis heute noch viele marode Zustände zu beklagen sind. Ich kenne drei Menschen, die es aus den Löchern der Bürgersteige nicht geschafft haben, heile davonzukommen. Bei ihnen waren Posener Andenken zwei Beinbrüche und eine Verstauchung. Es grenzt an ein Wunder, dass nicht die Hälfte der Bürger auf Krücken durch die Stadt humpelt – aber wahrscheinlich hat das Gehirn in seiner Abteilung „Motorik" die Fähigkeit, sich allen Zuständen und Gehmanövern anzupassen, wenn es das nur lange genug üben kann. Und das war ja hier durchaus gegeben. Wer in Posen Dauergast, nein, sogar Mitbewohner ist, weiß und akzeptiert, dass es noch viel zu tun gibt und kommt damit klar.

Eine für mich allerdings beinahe unheimliche Besonderheit stellen hier die Straßenbahnen und ihre Schienenwege dar. Das ist eine Erlebniswelt, die jeden deutschen Gast mindestens in Erstaunen versetzt und deutschen Erstklässlern den Abenteuerspielplatz ersetzen könnte. Dieser Spielplatz besteht aus mehreren verschiedenen Elementen: Uraltbahnen, bestehend aus zwei Waggons mit rechts und links jeweils einer Reihe roter Metallschalensitze, zerkratzten Innereien und nicht mehr lesbaren Hieroglyphen. Interessant auch ein weiteres Relikt aus längst vergangener Zeit: Einteilige lange in Kurven biegsame Straßenbahnen mit Einzel- und Doppelsitzen, in denen man es in den Biegungen bis zum Spagat bringen kann. Zu finden auch hochmoderne Bahnen mit exklusiven Sitz- und Stehplätzen, in denen ein Hauch von Fortschritt weht. All diese sich mehr oder weniger schnell durch die Stadt schlängelnden Transportmittel reisen auf Schienen, die weder dem Blick noch dem Vertrauen des Betrachters standhalten. Das größte Vergnügen bietet die Kombination aus Uraltbahn und Hochgeschwindigkeitsstrecke. Diese Erfindung trägt sogar einen Namen. Sie heißt Pestka, zu Deutsch Schnellbahn. Sie verbindet die Theaterbrücke mit den Stadtteilen Winogrady und Piętkowo. Ausgerechnet dort wohne ich. Glücklicherweise darf ich schon an der ersten Station nach der Theaterbrücke die Bahn wieder verlassen. Der Blutdruck beruhigt sich, der Adrenalinspiegel sinkt und ein tiefer Atemzug nach dem Aussteigen verabschiedet die Weiterreisenden.

Den letzten Kick dieser abenteuerlichen täglichen Reisen holt sich derjenige, der die Stoßzeiten morgens ab acht Uhr und nachmittags ab 14:30 Uhr nutzt. In diesen Zeiten platzen die Bahnen aus ihren Nähten und müssten meiner Meinung nach täglich wegen Überfüllung ihren Dienst verweigern. Schon mehrmals ließ ich eine solche ausgebeulte Bahn, ohne einzusteigen, passieren, weil ich mir nur unter Einsatz von Körperkraft den Einstieg und den Stehplatz hätte erobern können. Da wartete ich lieber auf die Folgebahn oder ging auch mal zu Fuß.

Das Gesamtrisiko, das zu berechnen Teams von Fachleuten erfordert, liegt letztlich in den Händen des Straßenbahnfahrers. Ich kenne Damen und Herren mittleren Alters, bei denen ich lieber einsteige als bei jüngeren, meist männlichen Piraten der Straße, die ohne Rücksicht auf Alt und Jung, auf Bahn und Mensch alles geben, um ihre coole Fahrkunst unter Beweis zu stellen. Selbst wenn dabei das metallische Quietschen Gespräche unterbricht oder alte Herrschaften die Balance verlieren und als Kettenreaktion den Sturz einer Schlange von Menschen in eine Richtung verursachen, all das verändert das Fahrverhalten des Piraten in keiner Weise.

Trotz aller Bedenken gilt auch hier die Weisheit, dass jede Medaille zwei Seiten besitzt. So darf nicht verschwiegen werden, mit welchem zeitlichen Wohlgefühl alle Fahrgäste die unzähligen Ziele dieser Stadt in Minuten erreichen können. Wer in Deutschland würde schon behaupten wollen, dass er kein Auto braucht, weil er mit öffentlichen Verkehrsmitteln schneller ist? Natürlich gibt es auch hier Tausende von Autos, die wie in Deutschland den Versuch unternehmen, das Ziel pünktlich zu erreichen. Die Tatsache allerdings, dass die Straßenbahn der Kaiser unter den Transportmitteln ist und immer Vorfahrt hat, lässt die Autofahrer alt aussehen. Und so sitzt oder steht man in einer Bahn und schaut mitleidsvoll auf die korki, zu Deutsch Korken, die als Autoschlangen Brücken, Kreuzungen, Kreisverkehre und oft die gesamte Innenstadt verstopfen, während man – wenn auch nicht risikolos und angstfrei – durch ganz Posen mal geschaukelt, mal geschleudert wird.

Unfälle mit Beteiligung einer Straßenbahn sind häufig. Deshalb bietet es sich an, das Beten im recht katholischen Polen über den Tag verteilt als Stoß- und Dankgebete beim Besteigen und Verlassen einer Straßenbahn zu erledigen.

Kuchen im Quadratmeterformat

Am Kuchenstand, der an diesem Freitag im exklusiven Einkaufszentrum Plaza im Posener Norden mein lukullisches Wochenende einläuten sollte, hatte sich eine beachtliche Menschenschlange gebildet. Eine junge Verkäuferin schnitt ab, verpackte, kassierte und diskutierte. Langsam und stressfrei erledigte sie ihren Job und konnte sich sicher sein, dass ihr diese Art von Arbeitsschutz eine gesunde Zukunft bescherte. Überhaupt eine Auffälligkeit im Polen-Ländle, wo Eile, Hetze und Schnelligkeit nicht angezeigt waren, es sei denn, man steuerte einen fahrbaren Untersatz. Da bestand ja auch die einzige Anstrengung darin, das Gaspedal zum Anschlag zu bringen. Ansonsten sah man weder eilige Leute die Straße überqueren, noch entdeckte man einen Laden, der Minuten vor der Zeit seine Pforten öffnete. Mit einer stoischen Sturheit blieb der zweite Schalter im Postamt unbesetzt, nur ein Schild mit der Aufschrift „Nicht geöffnet" sorgte für eine einseitige Kommunikation mit den Kunden. Von diesen konnten ruhig so viele erscheinen, dass die Eingangstür geöffnet bleiben musste, um die Menschenschlange nicht abreißen zu lassen. Ich kann von Wartezeiten bis zu einer Stunde berichten – und das war nicht etwa während der Mittagszeit, in der man ja die fehlende Arbeitskraft mit der Mittagspause hätte entschuldigen können. Im Baumarkt lief es nach ähnlichen

Prinzipien ab. Drei mit dem Logo „Praktiker" bedresste Frauen waren nicht in der Lage, eine Frage nach dem Aufenthaltsort von Gardinenröllchen zu beantworten, weil eine von ihnen telefonierte, die zweite etwas am Computer eintippte und die dritte darauf wartete, dass die Telefoniererin ihr half. Als ich eine der Damen zu fragen begann, wurde ich mitten im Satz mit den Worten unterbrochen: „Warten Sie bitte, bis wir Zeit für Sie haben!" Ich wartete etwa drei Minuten. Als es mir zu bunt wurde, eilte ich auf einen männlichen Mitarbeiter zu, der mir – obwohl er einen Kunden bediente – gleich die Frage mit den Worten beantwortete: „Finden Sie in Gang 36", und er deutete in die entsprechende Richtung. Ein multitaskingfähiger Mann – und das in Polen!

Ich stand also wie gesagt in einer Schlange am Kuchenstand und fasste mich, da ich erst die fünfte Kundin war, in Geduld. Daher interessierte mich auch noch nicht, was dort an der Verkaufsfront an scheinbaren Komplikationen vor sich ging. Ich hing meinen Gedanken nach, wie ich am Sonntag meine Gäste außer mit Kuchen sonst noch zufriedenstellen sollte. Erst das wütende Weggehen einer Frau erweckte meine Aufmerksamkeit und ich begann, die Ereignisse vor mir zu beobachten. Eine Kundin zeigte auf ein quadratisches Stück Käsekuchen, von dem sie die Hälfte zu kaufen wünschte. Anstatt nun mit der Arbeit zu beginnen, schüttelte die Verkäuferin nur den Kopf mit den Worten: „Nein, das kann ich nicht mehr durchschneiden. Das können Sie nur als Ganzes haben." Ungläubig über das Gehörte bemerkte die Kundin zaghaft: „Aber ich würde auch noch gerne etwas vom Kirschkuchen kaufen statt nur ein solch großes Stück Käsekuchen." „Tut mir leid", antwortete die Verkäuferin, die wohl mit dieser Verkaufsstrategie die vorherige Kundin in die Flucht gejagt hatte. Bevor noch eine weitere Reaktion der Betroffenen folgte, mischte sich die nächste Kundin ein: „Teilen Sie das

Stück und geben Sie mir dann gleich die andere Hälfte." Gesagt, getan – dieses Hindernis war also dank einer Kundin schon mal überwunden. Mir aber drängte sich trotzdem die Frage auf, welche Kunstform an Schnitttechnik nun für alle weiteren Kuchenquadrate gewählt werden würde. Kaum gedacht, hörte ich die nächste Kundin sagen: „Einen viertel Quadratmeter Käsekuchen, bitte." Während die Zerteilerin hinter der Theke darauf mit einem leeren Kuhblick in Untätigkeit erstarrte, begann ich laut zu lachen. Gleichzeitig entwich mir die Bemerkung: „Jetzt müsste man nur wissen, was ein Quadratmeter ist."

Das gesamte Publikum dieses Affentheaters war inzwischen aufmerksam geworden und während sich eine Diskussion über die notwendige Menge des zu kaufenden Kuchens entspann, verließen zwei Kunden hinter mir kopfschüttelnd die Warteschlange. Sie kamen allerdings nicht weit, denn beherzt griff nun eine ältere Dame ein, die diesem Irrsinn wohl ein Ende machen wollte. „Bitte bleiben Sie, es geht sofort weiter", bestimmte sie und begab sich wie selbstverständlich hinter die Verkaufstheke, nahm der noch immer in Erstaunen verharrenden Verkäuferin das Messer aus der Hand, schob diese resolut an die Seite und begann in Windeseile, alle Kuchenwünsche ohne Wenn und Aber abzuarbeiten. „Geben Sie Gas und packen Sie ein!" bemerkte sie kurz in Richtung Salzsäule, während sie mit scheinbar zehn Händen alle Kunden und auch mich zufriedenstellte.

Die Begeisterung über ihr Eingreifen spiegelte sich darin wider, dass die meisten Kunden am Ort des Geschehens verweilten, um auch das Ende der Vorführung noch mitzubekommen. Nicht lange, und ein etwa 35-jähriger Mann betrat die Bühne. Wutschnaubend näherte er sich den fleißigen Händen der mutigen Dame. Er hatte jedoch noch keine zehn zusammenhängenden Wörter gebellt, als er plötzlich erstummte und sein Blick erstarrte.

Mit geöffnetem Mund und aufgerissenen Augen vernahm er die Worte seines Untergangs aus dem Mund der Akteurin, die einen Moment lang ihre fleißige Arbeit unterbrach: „Sie und Madame Pompadour sind entlassen! Ihre schriftliche Kündigung können Sie beide morgen im Büro abholen. Ich werde sie auf eine Quadratmeter große Tapete drucken lassen – passend zu Ihrer Verkaufsmethode."

Auf der Suche nach dem Glück

„Was soll ich nur machen, um eine vernünftige Frau kennenzulernen, die nicht einfach nur einen Ehemann sucht, sondern auch bereit ist, mir in meinem Juweliergeschäft zu helfen? Ein geschäftlicher Erfolg hat doch auch etwas mit den Repräsentanten oder Besitzern dieses Geschäfts zu tun, oder?"

So die Frage eines deutschen Mannes, der Ausbildung, Meisterschule und Geschäftseröffnung erledigt hatte und nun mit bald dreißig Jahren gerne eine Familie gründen würde. Gelegenheiten zum Kennenlernen einer Frau hatte er aus verständlichem Zeitmangel nur recht wenige gehabt. Natürlich war er mal mit Kollegen am Wochenende ausgegangen, hatte Discos besucht, sich mit alten Schulfreunden getroffen. Natürlich waren ihm auch Frauen begegnet, bei denen aber nicht wirklich ein Funke übergesprungen war. Selbst das Internet hatte er schon in Sachen Partnersuche bemüht, das eine oder andere Treffen wahrgenommen, als erfolgreich durfte allerdings nichts davon eingestuft werden.

Ich spürte seine Resignation. Sicher erwartete er von mir als der schon älteren, verheirateten Frau und Mutter einen Rat. Aber welchen sollte ich ihm geben?

„Versuch es doch mal mit einer Annonce in einer seriösen Zeitung", fiel mir nur noch ein. Es war mir schon klar, dass dieser Moment seines Lebens, in dem er sich

beruflich und privat befand, ein unendlich wichtiger war, und man diesen nicht einfach unbemerkt vorbeigehen lassen durfte. So eine Bereitschaft zur Familiengründung wiederholt sich nicht jedes zweite Jahr, und eine nette Freundin zwecks späterer Heirat könnte seinem Leben den Sinn geben, der ihm gerade jetzt fehlte und bewusst war. Auch seine berufliche Motivation würde auf Dauer von der Erfüllung eines solchen Wunsches abhängen.

Dieser etwas traurige Nachmittag beschäftigte mich noch länger und ich wusste nicht, ob Peter meinem Rat folgen würde oder seine Enttäuschung schon so groß war, dass er keine Energien mehr für die Partnersuche aufwenden wollte.

Es vergingen einige Wochen bis wir uns wieder trafen – und natürlich fragte ich nach. Peter schien darauf vorbereitet und legte mir augenblicklich vier Briefumschläge mit Inhalt vor die Nase. Er tat es kommentarlos. Nur auf meine Frage, ob das alles sei, antwortete er: „Nein, es waren elf." Während sein Blick erwartungsvoll auf mir haftete, nahm ich einen Brief nach dem anderen aus dem Umschlag, um sie zu lesen.

„Ich warte schon lange auf meinen Traumprinzen … gerne würde ich mich verwöhnen lassen … möchte mal groß ausgeführt werden … liebe es total, gestreichelt zu werden … sehne mich nach Unterhaltung und Spaß … ein Mann, der mich zum Lachen bringt … gib mir meine Lebensfreude zurück … bist du der Mann, der mir die Wünsche von den Augen abliest … wenn du kochen könntest, wäre es das Größte."

So und mit weiteren vergleichbaren Sätzen und Formulierungen lasen sich die vier Briefe. Stumm packte ich den letzten in sein Couvert zurück, als Peter endlich seinen aufgestauten Frust in den Raum schüttete.

„Verstehst Du jetzt auch, warum es keine Frau für mich gibt? Die wollen keinen Mann im Sinne einer Partnerschaft. Die suchen einen Alleinunterhalter! Liest du irgendwo etwas über gemeinsame Pläne, über Arbeit, Beruf, Kinder und ihre Vorstellungen über die Ernsthaftigkeit des Lebens? Was ist deren Zukunft? Soll ich ihnen etwa den ganzen lieben Tag lang Witze erzählen, gute Laune versprühen und abends den Begleiter spielen? Was bieten *sie* mir dafür? Ich habe alle Briefe daraufhin untersucht, ob eine von ihnen davon spricht, mich zu unterstützen, zu verwöhnen, zu bekochen, mir zur Seite zu stehen, indem sie sich um mich, meine Probleme, meinen Beruf kümmert oder zumindest sich dafür interessiert. Fehlanzeige! Nicht eine der Damen glänzt mit Ernsthaftigkeit oder Reife. Kinder – alles verzogene unreife Gören!"

Ich konnte Peter wohl nur Recht geben, was mir aber gleichzeitig leidtat. Schließlich war dieser Quatsch meine Idee gewesen, für die ich mich jetzt fast schämte. Mit dieser Scham meinem jungen Freund gegenüber, der im Übrigen auch heute noch nach fünf Jahren ohne Familie ist, fuhr ich nach Polen zurück und fragte mich, ob ihm das auch hier passiert wäre. Vielleicht täuschte ich mich schon wieder, aber hier würde eine Frau, deren Alter die Fünfundzwanzig überschritten hat, vorrangig auf eine gute Partie fixiert sein, sich niemals zu Beginn weit aus dem Fenster legen und ihr Anspruchsdenken hinter ihrem Charme verbergen. Weibliche Reize nutzen, Interesse des Gegenübers wecken, schnurren, die Angel der Verführung auswerfen mit der unbedingten Zielsetzung, die finanzielle, berufliche und wirtschaftliche Situation des Mannes zu erfahren, sind die durchgängigen Verhaltensmuster einer polnischen jungen Frau. Und das, glauben sie, ist nur mit anfänglich leisen und geheimnisvollen Tönen zu erreichen. Ihre Belohnung wird dann schnell die Befriedigung ihrer Neugierde sein. Auf keinen Fall darf sie sofort ihre Ansprüche und Erwartungen offenbaren – dafür bleibt ihr später noch Zeit genug.

Nun, welche Art des Kennenlernens erfolgreicher ist, habe ich mir persönlich inzwischen beantwortet. Welche wäre Ihre bevorzugte, Herr Leser, die ehrlich-emanzipiert-abschreckende oder doch eher die unehrlich-zurückhaltend-anziehende Variante?

Bedauernswerte Männer, die hier wie dort keine Wahl haben. Ein Glücksspiel! Was ist die Liebe, was ist die Ehe auch sonst?

Die Erfindung

Wir liebten sie alle – unsere Küche. Sie hatte etwas Abenteuerliches, so einen Hauch von Zauberei an sich mit ihren vielen Knöpfen, Schrauben, Hähnen, Türen, Griffen und Schubläden. Und das Größte war, wenn wir dieses Cockpit ganz allein besaßen, was leider nur selten vorkam. Heute standen die Sterne für uns endlich mal wieder günstig!

Es war Onkel Freds Geburtstag und mit Spannung ließen wir Mutter an uns rumhantieren. Jeder von uns Dreien wurde „runderneuert". Mitten am Tag Zähne putzen – scheußlich – aber „was sein muss, muss sein", meinte Mutter. Nachdem wieder literweise Wasser an uns verschwendet worden war, hüllte sie uns in Kleider mit Kragen, Rüschen und Schleifen in Weiß und Pastell, in Gepunktet und Geblümt. Zum Schluss gab uns der Kamm den letzten Schliff – und runter ging es in die Küche.

„Macht keinen Blödsinn!" und vor allem: „Macht euch nicht schmutzig!" werden wohl wie immer ihre letzten Worte gewesen sein, bevor sie wieder die Treppen zu Vater hinaufstieg, um sich ihrerseits fürs Fest zu schmücken.

Nun muss man wissen, dass unsere kleine Schwester bei der Verteilung Opfer-Täter immer in die erstere von beiden Rollen schlüpfte. Erstens, weil wir ja schon viel stärker und größer waren als sie, aber auch, weil sie es nicht besser verdient hatte. Warum musste sie sich auch in jeder Situation so dämlich anstellen? „Schicksen eben", pflegte mein Bruder da zu sagen und seine Achtung vor der eigenen Schwester war ebenso gering wie die vor allen Nachbarschicksen der ganzen Straße.

Während ich nacheinander alle Schubläden öffnete auf der Suche nach Knöterichen, ließ Michael schon mal das Waschbecken volllaufen. Derweil suchte er ein geeignetes Objekt, das ihm als Schiff auf hoher See dienlich sein könnte. Endlich war ich in der letzten Schublade erfolgreich, schob mir den einen heimatlosen Knöterich in die Backe und ließ mich entnervt auf einem unserer weiß gestrichenen Küchenstühle nieder.

Ulrike schloss gerade Freundschaft mit der Schleuder. Sie stand die ganze Zeit fasziniert vor ihr, zeichnete mit ihren winzigen Fingern das große Bullauge nach und versuchte, es zu öffnen. Das brachte mich auf eine grandiose Idee und ich lief zu Michael, der inzwischen einige Plastikeierbecher zu Wasser gelassen hatte. „Komm", flüsterte ich, „spielen wir Hänsel und Gretel. Du bist der Hänsel, ich die Gretel." Und mit dem Zeigefinger auf Ulrike deutend ergänzte ich begeistert: „Und die ist die Hexe!" Ja, und das Besondere an unserem Spiel wurde die Neuerfindung Ofen. Bis der Backofen heiß war, waren Vater und Mutter schon längst wieder unten, aber mit der Schleuder als Ofenersatz könnten wir es schaffen.

Michael überließ seine Schiffe den reißenden Wogen des Waschbeckens, hopste vom Stuhl und öffnete mit einem fachmännischen Griff die Schleudertür. Während er sein einsetzendes Indianergeheul „die Hexe in den Ofen, die Hexe in den Ofen ..." dramaturgisch exakt platzierte, schob er Ulrike, fortgesetzt johlend, am Hinterteil in die Schleuder, die – so blöd sind eben nur Schicksen – ihren Kopf neugierig ins Schleuderinnere bewegte. Schließlich hatte sie nicht umsonst die ganze Zeit versucht, ans

Innenleben dieses Karussells zu gelangen, in dem die Wäsche immer so toll tanzte, dass man es wie durch Zauberhand verborgen nur zu Beginn und zum Schluss richtig sehen konnte. Im selben Augenblick, wie Ulrike begann, sich zu wehren, drückte ich auf den Hexenknopf, und los ging es: kopf … knopf … kopf … opf … opf … opf … pf … pf … pf … ffffffffffffff. Stoooop!

Wie elektrisiert ließ ich los. Die Hexenmaschine beruhigte sich wieder, aber aus ihr ertönte wie über Lautsprecher das kreischende Geschrei meiner Schwester, die sich jetzt unbeweglich, den Po abgewinkelt, wie eine Marionette, deren Fäden abgerissen waren, noch immer zusammengekauert in der Trommel der Schleuder befand.

Die Folgen für uns alle waren verheerend. Auch ich sah das Krankenhaus zum ersten Mal von innen – gleich täglich einmal. Ulrike erholte sich und Mutter erzählte wohl schon zum tausendsten Mal die Geschichte meines Sündenfalls. Ich wurde vor Scham von Mal zu Mal kleiner. Heute weiß ich, dass wohl damals meine Wachstumshormone aus Protest gegen die ständigen Erniedrigungen ihre Arbeit zu drosseln begannen. Ich blieb der Kleinste von uns mit 1,68 Meter. Dafür wurde meine Schwester umso größer. Ich behaupte: Das hat sie mir zu verdanken, denn ihr wunderschöner langer Schwanenhals kann nur als Ergebnis der damaligen Rotationsübungen gedeutet werden.

Mein heutiges wiedergewonnenes Selbstbewusstsein verdanke ich der Tatsache, dass ich der Erfinder einer Erkrankung bin, die in Deutschland „Schleudertrauma" genannt wird.

Warum ich Dackel hasse

„Der tut nichts" oder „Der will nur spielen" hießen die verdammten Köter, mit denen ich es in meinem Leben öfter zu tun bekam. Und das, obwohl meine Familie und ich stets zu den Katzenbesitzern gehörten. Was aber interessierte das Boskop, Waldi, Hermann, Einstein, Strawinski und deren Besitzer? Die meisten von ihnen waren allein erziehende Frauchen und berufstätig, was bedeutete, dass ihre geliebten vierbeinigen Kinder über die Woche in einer sturmfreien Bude toben, knurren und bellen konnten bis die Nachbarn begannen, an der Wand dazu den Takt zu schlagen mit den aufgebrachten Worten: „Schnauze, du verfluchter Köter!" Kaum aber öffneten sie die Haustür, um im Treppenhaus zufällig Frauchen Einstein oder Herrchen Boskop zu treffen, verstummten sie, hauchten ein zartes „Guten Tag" ins nachbarliche Ohr, um kurz nach dem Zusammentreffen dann doch noch einmal ihrem Herzen Luft zu machen mit der gemurmelten Bemerkung: „Zu blöd, das Vieh zu erziehen!"

Bei den mir bekannten Exemplaren von Mensch und Hund handelte es sich zu 90 Prozent um den Besitz einer Dackelversion. Mal schnauzbärtig, mal glatt rasiert, mal exkrementenbraun, mal rötlich, mal mit durchhängendem Bauch, mal schlauchförmig, mal mit behaarter Rute, mal als

Kurzhaarverschnitt. Immer aber mit abgesäbelten Beinen, also mit tiefer gelegter Karosserie.

Meine erste Begegnung mit einem meist knurrenden Halb-Meter-Schlauch hatte ich als Kind. Tante Rosi und ihr Muckel besuchten uns regelmäßig, wobei sich immer ein und dasselbe Ritual abspielte. Muckel wedelte mit dem Schwanz, sprang an uns allen hoch und pinkelte auf den Flurteppich, was Tante Rosi mit den Worten kommentierte: „Das macht er immer, wenn er sich freut." Diese Begrüßung diente hauptsächlich dazu, dass Minka, unsere Katze, das Weite suchen konnte, um sich vor dem Feind in Sicherheit zu bringen. Das nutzte Muckel schamlos aus, tapperte schnurstracks in die Küche an Minkas Fressnapf und ließ es sich schmecken. Kein Wunder, dass diese Besuche bei uns sein Hundeherz höher schlagen ließen, was man von meiner Mutter und mir nicht gerade behaupten konnte. Ich hasste das Vieh, ohne dass es mir etwas getan hatte. Meine Abneigung spürten alle, denn ob Huhn, Kaninchen, Katze, Pferd oder Kuh – meine Tierliebe versprühte ich in alle Richtungen. Muckel aber gehörte nicht dazu. Der erinnerte mich mehr an meinen kleinen Cousin Ralf, der mit seinen drei Monaten ebenfalls nur fraß, schrie und pinkelte. Meine Abneigung wurde dann auch noch auf eine harte Probe gestellt, als meine Tante Rosi mal wieder Muckels Knabbertrieb stillen wollte. „Nöchelchen?" fragte sie ihn, indem sie sich so weit zu ihm runterbeugte, dass sie fast seine Schwammnase berührte. Dieser Sprache war ich nicht mächtig, fragte mich aber dennoch, was sie wohl mit „Nöchelchen" meinte. Sie öffnete ihre Handtasche und hielt mir einen Gummi- oder Plastikknochen entgegen. „Kannst ja mit ihm spielen. Den liebt er heiß und innig." Ich hätte jetzt Farbe bekennen müssen, um mich dieser sicher gut gemeinten Aufforderung meiner Tante zu entziehen. Ich hätte sagen müssen: „Nein, mach du das" oder „ich will nicht mit ihm spielen" oder „lass mich mit deinem Köter in

Ruhe" oder „ich hasse das Vieh". Nichts von alledem sagte ich, spürend, dass die Augen meiner Mutter auf mich gerichtet waren, was hypnotische Wirkungen hatte. Als ich mich allerdings anschickte, den Knochen in meiner Hand in Richtung Hund zu bewegen, griff die Schnauze ohne Vorwarnung so schnell zu, dass Teile meiner Hand mitsamt Nöchelchen mit Muckels Zähnen Bekanntschaft machten. Ich ließ den Knochen los, riss meine Hand aus dem Maul und verließ zwischen Wut und Tränen die Küche. Für meine zukünftige Rettung vor diesem Biest diente mein Satz: „Elendiger Scheißköter!"

Dieses Exemplar konnte ich mir also vom Hals halten, aber als Strafe für mein damals ungezogenes Benehmen begegneten mir immer wieder in Begleitung meiner Kollegen und Bekannten diese schlauchähnlichen Wesen, die ich hasserfüllt ertrug oder ignorierte. Was um alles in der Welt muss ich bloß tun, um endlich von diesem Dackel-Fluch befreit zu werden?

So geht dat!

Es ist immer wieder schön, aus der Welt nach Hause zu kommen. Nach Hause ist da, wo ich geboren und aufgewachsen bin und wat man außerhalb vonne Schule so „Ruhrpott" nennt. Die schnörkellose Umgangsform der Menschen, die direkte Ansprache und die unverwechselbare Sprache der Ureinwohner streicheln mein Heimweh weg und lassen mich immer wieder sofort dazu gehören. Wenn ich außerhalb des Ruhrpotts meine heimatlichen Sprachkenntnisse verbreite und es dazu kommt, dass ich Aussagen zu der uns eigenen Mundart mache, bediene ich mich immer eines Beispiels, das zwar nicht auf meinem Mist gewachsen ist, allerdings für vollendete Klarheit sorgt. Ich erkläre dann wie folgt: „Stell dir vor, du unterhältst dich mit jemandem, der durch Ablenkung oder Unaufmerksamkeit deine Ausführungen nicht ganz verstanden hat und nun in höflich vornehmer Manier nachfragt: „Entschuldigung, ich habe deinen letzten Satz nicht verstanden. Würdest du so freundlich sein, ihn für mich noch einmal zu wiederholen?" dann gelingt dir das im Ruhrpott schnörkelfrei mit nur einem Laut. Und der klingt so: „Hä?" Dein Gegenüber begreift sofort und wird die Fortsetzung des Gesprächs durch das Wiederholen des Gesagten bewirken.

Ganz besonders erfrischend sind die Aufenthalte im und am Stehcafé in der Nähe der Gladbecker Lambertikirche, wo das Kaffeetrinken schon deshalb ein Erlebnis ist, weil man die Kommentare zur Tagespolitik mundfrisch geliefert bekommt. So auch letztlich, als gerade mal der diesjährige Sommer stattfand. Ich schlürfte genüsslich meinen Kaffee an einem der draußen befindlichen Stehtische und lauschte den recht lauten Ausführungen dreier Männer am Nachbartisch. „Weiße ja jetz, wie de Ehrenbürger werden kanns", meinte der Erste und fuhr fort, „hasse doch inne Zeitung gelesen." Und weil seine Mitsteher nicht so schnell begriffen, worauf er hinauswollte, schloss er gleich die nächsten Sätze an: „Ja, musse erst außen Job fliegen, wo de vorher wars, weile gelogen und betrogen has. Dann musse dich arbeitslos melden, damitte vom Staat Geld kriegs oder vonne Steuerzahler. Dat Wichtigste is, datte ne junge Alte has, mit die de dich sehen lassen kanns. Und Kumpels brauchse haufenweise, die dich in'n Arsch kriechen." Jetzt fiel beim Zweiten endlich der Groschen und er meinte: „Jau, genauso is dat. Wenne nich berühmt geworden bis, dann is nix mit Ehrenbürger. Und wie de berühmt wirs, dat geht am besten mit wat Kriminelles. Entweder klauße wat vonne andern wie der Graf Koks da von Guttenberg oder springse gleich nache Kanzlerschaft inne Russenmafia rein oder machse die Reporter nieder, die aufdecken, watte so fürn Mist verzapft has." „Ja, kannse nich glauben, dasse jetz auch noch den Wulff zum Ehrenbürger machen wollen", fiel der Dritte da dem Zweiten fast ins Wort. „Ich sach schon zu meine Trude: ,Mach ma nen Antrag bei die Ministerin Kraft in Düsseldorf mitte Frage, wen ich hier beklauen oder bescheißen soll, damit ich zum Ehrenbürger ernannt werd'." Und alle lachten, dass der Stehtisch zu vibrieren begann und das Porzellan zu klingen.

„So geht dat!", dachte ich und was andere für Scheiß-hausparolen halten würden, war für mich „das politische Wort zum Kaffee im Ruhrpott."

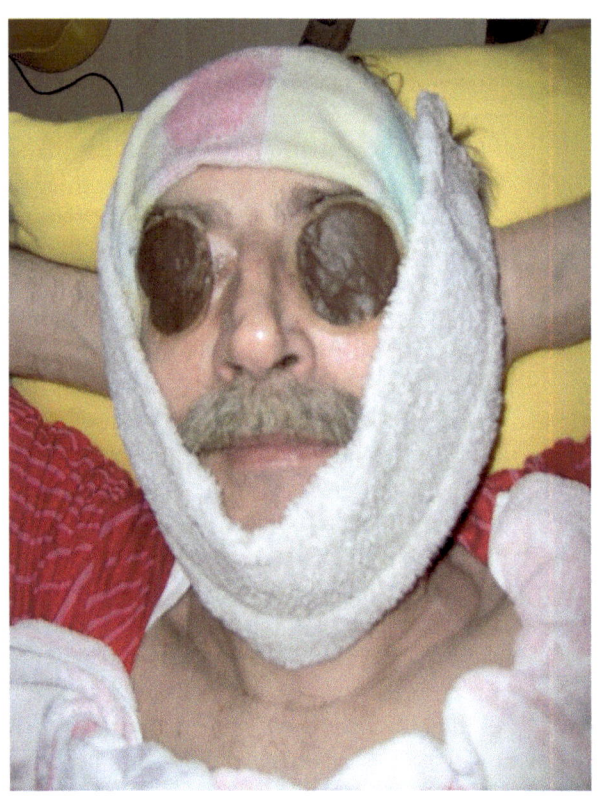

Auf der Bühne einer Seifenoper

Mitten in die Herbstsonne hinein ein disharmonisches Hundegekläff – vergleichbar einer Kreissäge, die die schönste Geburtstagssahnetorte zerteilt.

Eine blonde in eine braunlederne Designerjacke gehüllte Dreißigerin blieb am anderen Ende der bellenden Leine reaktionslos. Sie stolzierte auf ihren Highheels erhobenen Hauptes weiter einem mir unbekannten Ziel zu.

Sich zu kümmern hielt sie für überflüssig, da ja ihr doppeltes Lottchen im Miniformat, ein filigranes Geschöpf mit schulterlangem Engelhaarlöckchen, um das vierbeinige Hängeohrmonster herumwuselte. Bei der modischen Ausstattung von Mutter und Tochter sicher ein reinrassiger Pinschpudeldackel, der, wenn schon nur lästig, wenigstens den Sinn erfüllt, Staub, Kleintier und sonstige Schmutzpartikel mit seinen kotelettgroßen Ohren zusammenzufegen und in den behaarten Hauttaschen verschwinden zu lassen. So kann er menschenähnlich demnächst seiner verehrten Hundedame diese seltene „Briefmarkensammlung" zeigen und bei ihr Eindruck schinden.

Meine Begeisterung für das einmalige Dreigespann wurde abrupt unterbrochen, als die große Blonde hinter einer Tür verschwand, während sie die restlichen sechs kleinen Beine wie die Schleppe eines Hochzeitskleides hinter sich her schleifte. „Hundesalon" las ich auf dem zur

Tür gehörenden Schaufenster und war fast enttäuscht, dass nun die besagte Hundedame keine Chance mehr bekommen würde, die besondere Briefmarkensammlung in den behaarten Kotelettohren ihres Belamis bewundern zu können.

Ich wollte mich gerade wieder meiner eigenen Welt zuwenden, als das blonde Engelspaar nach nur wenigen Augenblicken wieder das Spielfeld betrat. Wortlos und noch immer erhobenen Schrittes griff die Mutter, die eindeutig nur mit Anhängseln ihres Lebens unterwegs war, nach dem zarten Händchen ihres Sprosses und beschleunigte ihre Schritte in Richtung Geschäftszentrum. Wie in Trance schlug ich dieselbe Richtung ein, obwohl ich noch vor drei Atemzügen die Trennung von ihnen vollzogen hatte. Weniger mit den Beinen als mit den Blicken folgte ich ihnen – und nicht lange, da erhielt ich den Lohn für mein hartnäckiges Interesse. Dieses Mal schob Mutti ihre Kleine zuerst durch eine Tür, folgte ihr auf dem Fuße und schwupp! waren sie zum zweiten Mal verschwunden. Mein detektivisches Bewusstsein nahm mich nun völlig in Besitz. „Monaco Princess" fand sich als Schriftzug in fluoreszierendem Pink über dem Türeingang. Ein winziges Schaufenster deutete mir neben der Tür ebenfalls Ausstellungsstücke in Pink an, doch ich beschloss, die Sache noch einen Moment auf sich beruhen zu lassen. Meine Überlegungen, wie ich einen Blick hinter die mir unbekannte Kulisse werfen konnte, sprangen erschrocken zur Seite, als Blondi, kaum dass sie den Laden verlassen hatte, im Schweinsgalopp über die Straße lief. Fast marschierend passierte sie Drogerie, Boutique und Apotheke und verschwand im exklusivsten Friseursalon der Stadt. Für mich die Gelegenheit, mich der Welt und dem Paradies des kleinen Engels zu nähern, um es zu erkunden. Es musste schon etwas Besonderes sein, wenn Frau Mutter durch die Lagerung ihres Kindes so viel Zeit erhielt, dass sie sich ihrer eigenen Verschönerung widmen konnte.

Als ich vor dem Schaufenster stand, sah ich einen Spiegel, der die vor ihm aufgestellte Dekoration von Barbiepuppen, Winzlingskosmetika, Döschen und Pinselchen verdoppelt darstellte. Der Spiegel war von einem riesigen pinkfarbenen Seidentuch umhüllt, dessen Enden in der Szene der Puppenwelt drapiert dalagen. Sollte das wahr sein? Ein Schönheitssalon für Kinder? Ach, Quatsch. So etwas gibt es doch gar nicht, zumindest nicht in Deutschland! Die Amerikaner sind ja so verrückt, ihren kleinen Mädchen schon die Welt der Erwachsenen überzustülpen, eigentlich aber nur, um daraus Kapital zu schlagen.

Ich wusste nicht genau warum, aber wie von Geisterhand geleitet, drückte ich die Türklinke dieser Pink-Puppenstube und befand mich … ja wo befand ich mich eigentlich? Ganz realistisch gesagt, auf einem pinkfarbenen Teppich, blickte auf pinkfarbene Utensilien an den Wänden, schaute in Spiegel, in denen sich pinkfarbene Puppen, Bären, Kuscheltiere aller Art spiegelten und sah in einen Raum, der Auge, Ohr und Leben in eine pinkfarbene Märchenwelt tauchte, die in mir augenblicklich ein Gefühl von Ekel und Ablehnung erzeugte. Viel Zeit allerdings blieb mir nicht für alle Arten von Gefühlsduselei, denn kaum hatte ich den Raum betreten, erschien eine lebende Barbie vor mir, die auch noch sprechen konnte. „Möchten Sie für Ihre Tochter einen Termin machen?" blubberte sie mich in quietschenden Tönen an. Gott sei Dank bin ich nicht gerade auf den Mund gefallen und beherrsche die Technik, auf unvorhergesehene Situationen und Menschen reagieren zu können. „Ja", hauchte ich pinktönig in die Kulisse des Babyhauses und dachte dabei: ‚Herr, schmeiß Hirn vom Himmel', fügte jedoch noch hinzu: „Gerne würde ich allerdings erst einmal Ihr Angebot und Ihre Arbeitsweise kennenlernen dürfen." Diese Bauchpinselaktion schlug ein.

Die Maskenlady mit der Betonmasse in ihrem Gesicht lächelte mich an, wobei ihre Lachfalten sich derartig auffällig in ihr Gesicht gruben, dass ich einen Schritt zurückwich aus Angst, dass ihre aufgeputzte Schönheit zu bröckeln und abzuspringen begann. Natürlich passierte nichts dergleichen. Dafür öffnete sie hinter sich einen Vorhang, um mich in ihr Allerheiligstes blicken zu lassen und es tat sich mir ein in allen Pastellfarben leuchtender Regenbogenraum auf. Hier eine rosa Ecke, daneben eine himmelblaue, wieder etwas weiter die lindgrüne und nicht zu vergessen die dezent gelbe. Ein Kosmetiksalon vom Feinsten mit Spiegelchen, Schüsselchen, Ablagen, Fuß-stützen, Liegesesselchen und Vitrinen voller Kosmetika. Das von mir verfolgte Engelchen entdeckte ich ganz entspannt auf einem blauen Höckerchen sitzend mit seinen zarten Füßchen in einem Wasserbad. „Ich bin gleich bei dir, dann reibe ich dir die Füße ein und lackiere dir die Fußnägel", richtete sich der Oberengel an seine höchstens sechsjährige Kundin. Auf einer lindgrünen Liege befand sich ein weiteres Opfer mit unkenntlichem Gesicht. Eine Maske aus welcher Matsche auch immer mit zwei Spiegel-eiern auf den Augen verhinderte jede kindliche Regung. Das Einzige, was da noch an Kind erinnerte, war der Teddy, den die Spiegeleiergeschädigte fest auf ihrem Bauch umklammerte, etwa so, als würde er ihr Schutz und Halt in der Welt dieses Irrsinns gewähren.

Eigentlich war ich bedient und mein Zögern, als mir ein Platz angeboten wurde, deutete die lebendige Puderdose so, als wäre es ihr nun vergönnt, mir noch weitere Einblicke in ihr Heiligtum zu ermöglichen. „Gerne zeige ich Ihnen noch unsere Babyabteilung, wo gerade unsere zwei Jüngsten noch ihren restlichen Schlaf absolvieren. Sie haben bei der Ölmassage und dem Lackieren aller Nägel so geweint, dass sie nach der Behandlung sofort eingeschlafen sind. Wenn Sie leise sind, können Sie sich das Ergebnis meiner Arbeit anschauen. Beim Lackieren arbeite ich natürlich mit der Lupe, damit nichts vom Lack danebengeht und ich nicht statt der Nägel den Finger bemale. Der hat ja schließlich schon bei der Ölmassage seine Pflege erhalten." Und sie reichte mir tatsächlich eine Lupe, damit ich mir die Fingernägel der Zwerge auch genau ansehen konnte.

Gott sei Dank rettete mich das Schicksal, denn als sie mir die Lupe übergeben wollte, fiel sie krachend zu Boden, was natürlich die selig Entschlummerten sofort aus dem Schlaf riss. Wir standen erschrocken herum. Wahrscheinlich hoffte jetzt jeder, dass wir von einem augenblicklich einsetzenden Gebrüll verschont blieben, aber diese Hoffnung erfüllte sich nicht. Während das eine Prinzesschen noch mit Augenreiben beschäftigt war, holte das andere nur kurz Luft, um dann sirenenartig den Raum mit kräftigem Geschrei zu füllen. Bevor ich begriff, in welchem Film ich mich hier befand, schneite eine langhaarige Schöne in den Raum, schob mich kurz zur Seite, ergriff den Schreihals, setzte sich auf einen winzigen rosafarbenen Stuhl, der dafür sorgte, dass ihre schlanken Beine bis fast an ihr Kinn reichten, krempelte an ihrem goldgarnbestickten T-Shirt herum und entblößte ihre halbe Milchfabrik. Die kleine Miniprinzessin beruhigte sich augenblicklich, fand sofort den Schnuller und hüllte sich in zufriedenes Schmatzen.

Heulen und Zähneknirschen

Heulen und Zähneknirschen hat es ganz früher des Öfteren in der Schule gegeben, als beispielsweise damals in der Volksschule in meiner Geburtsstadt Gladbeck der Stock durch meine kleine Kinderhand tanzte und so mancher Junge auch mal den Hintern versohlt bekam.

Als ich dann als Junglehrerin das Pult übernahm, herrschten glücklicherweise schon stockfreie Zeiten … und doch blieb mir das Erlebnis von Heulen und Zähneknirschen nicht erspart. Dafür sorgte Doris aus meiner Klasse, die meine Sprechstunde dazu nutzte, mich mit ihrem ganz persönlichen Heulen und Zähneknirschen bekanntzumachen. Kaum hatte sie den Raum betreten, legte sie auch schon los. Sie erschien so herzzerreißend verzweifelt, dass ich mich von meinem Platz erhob, um ihr entgegenzugehen. „Mein Gott, was ist denn mit dir passiert?" brachte ich als erstes hervor. Ihr Schluchzen allerdings ertränkte meine Worte und so nahm ich sie einfach nur in den Arm, was mir eine völlig durchnässte Bluse einbrachte. Aber welchen Wert hat schon eine Bluse in Anbetracht des gesamten Weltschmerzes eines 13-jährigen Mädels?

Es dauerte, es lief, es tropfte, es nässte, es floss – und selbst die Zeit begann zu rinnen. Endlich presste sie so etwas wie Laute aus ihrem Mund, die ich allerdings nicht als Worte identifizierte. „Kind", sagte ich, während ich sie auf den mir gegenüberstehenden Stuhl presste, „nun mal ganz ruhig. Nichts ist so schlimm, dass man es in solch ein Meer von Tränen tauchen müsste. Jetzt mal Schluss mit der Weinerei, sonst werde ich dir nicht helfen können. Und deshalb bist du doch gekommen, oder?" Meine Worte zeigten tatsächlich Wirkung. Sie beruhigte sich ein wenig, sodass ich ihre drei Worte, die als Bombe in den Raum fielen, verstand. „Ich bin schwanger!" Mir verschlug es die Sprache und sie begann mit der dritten Strophe von „Heulen und Zähneknirschen".

Im Laufe der nächsten halben Stunde erfuhr ich dann, dass sie auf der letzten Fete mit Michi geknutscht hatte und dass sie dann beide später auch andere Sachen unter Alkoholeinfluss getan hatten. Das alles sei jetzt bestimmt Schuld daran, dass sie ihre Tage nicht bekam und sie eben schwanger sei, was ihre Mutter niemals erfahren dürfe. Sie würde sie totschlagen, rausschmeißen und einen Tobsuchtsanfall bekommen. „Habt ihr denn wirklich …", begann ich meine kläglichen Informationen zu vervollständigen, aber weiter kam ich gar nicht. Tränenreich beklagte sie, es nicht genau zu wissen, aber alles wäre so anders gewesen und neu und … „da unten hat er auch was gemacht."

Ich ließ es dabei bewenden, denn mir reichte die Tatsache, dass ihre Periode schon zwei Wochen überfällig war. „Da kann uns nur ein Fachmann oder eine Fachfrau weiterhelfen. Ich werde mit dir zu einer Frauenärztin gehen. Dann wissen wir es genau. Entweder hast du bis zum Termin deine Tage und die ganze Aufregung war umsonst oder ich werde dir helfen müssen, deine Mutter zu informieren. Nicht schön, aber notwendig."

Doris hatte ihre Hilflosigkeit an mich abgegeben. Ich traf mich tatsächlich in der folgenden Woche mit ihr zu einem Termin bei einer in der Nähe der Schule praktizierenden Gynäkologin. „Sprechen werden wir beide mit ihr, die Untersuchung musst du dann alleine über dich ergehen lassen." Kaum hatte ich diese Regieanweisung beendet, öffnete sich die Wartezimmertür – und herein trat Doris Mutter. Doris erstarrte, ich dachte nur: „Ach du lieber Gott", fasste mich allerdings schnell und begrüßte sie so freundlich wie immer. Sie setzte sich neben mich und erklärte mir flüsternd, dass sie ihrer Tochter gefolgt sei, weil sie schon seit Tagen bemerkt hatte, dass da etwas Seltenes im Busch war. Meine Aufgabe sah ich damit als erledigt an, bemerkte aber trotzdem noch: „Doris hatte so viel Angst und Panik, dass ich mir vor einem Gespräch mit Ihnen erst einmal Gewissheit verschaffen musste. Versprechen Sie mir, dass Sie diesen Besuch hier in meinem Sinne zur Klärung nutzen werden und egal, was dabei herauskommt, informieren Sie mich bitte und nehmen Sie meine Hilfe, wenn erforderlich, in Anspruch."

Doris war schwangerlos, ihre Mutter noch immer fassungslos und ich war ja eigentlich kinderlos. Von da an allerdings antwortete ich immer auf die Frage, ob ich Kinder hätte, mit „ja" und der Ergänzung „eine ganze Klasse voll."

Keimfrei

„Kommen Sie morgen so zwischen 12 und 13 Uhr", lockte mich eine Frauenstimme von Station 22 telefonisch ins hiesige Krankenhaus. Der nächste Morgen war also noch gerettet und so bewaffnete ich mich am nächsten Tag kurzer Hand mit Gartenschere, Harke und Eimer, um dem Vorgarten einen Arbeitsbesuch abzustatten. Genüsslich wühlte meine Maulwurfhand in den Unkraut-arealen des feuchten Mutterbodens, schnitt verwelkte Blüten, Blätter und Äste fort, malte mit der Harke Striche in die Landschaft bis sich in meinen Augen ein zufriedenes Lächeln breitmachte und mein Gesicht sich verjüngte.

Ich stand um halb eins vor dem Schwesternzimmer der Neurologie. Überrascht von meinem Erscheinen stellte man im Ruckzuck-Verfahren fest, dass das auf dem Papier schon gebuchte Einzelzimmer nicht einmal gereinigt war. „Es wird noch etwa eine Stunde dauern", erfuhr ich. „Wollen Sie warten oder sich anders die Zeit vertreiben?" Ich wollte mir anders die Zeit vertreiben, nämlich mit einer Tasse Kaffee und einem Stück Mandarinen-Quark. Hätte ich zu diesem Zeitpunkt schon gewusst, was mich hier essens-technisch erwartete, hätte ich mir noch weitere Stücke Kuchen einverleibt oder einpacken lassen. Um 13.30 Uhr saß ich wieder in der Warteschleife, denn die Putzfrauen hatten nicht einmal angefangen. Sie kamen glücklicherweise kurz nach meinem Eintreffen und legten vor meinen Augen ihre Vermummung an, mit der sie auf das Schild an der Zimmertür reagierten, das ich erst jetzt bemerkte: Betreten verboten! Die Frage nach dem Warum erübrigte sich, als sich beide Eimerträgerinnen mit Haube und Mundschutz bewaffneten und bei geöffneter Tür mit ihrer Arbeit begannen. Ja, ich wäre bereit gewesen, für ein Einzelzimmer 30 Euro Zuzahlung pro Tag zu leisten und ich verstand unter dem Begriff Einzelzimmer den Zustand des erholsamen „OM", was ja nichts anderes bedeutet als „Ohne Mitbewohner". Hier sollte allerdings jetzt nicht EIN Mitbewohner, wie etwa in einem Zweibettzimmer, sondern eine gesamte Armada von Mitbewohnern unter Einsatz chemischer Kampfstoffe beseitigt werden. Meine Killerzellen und Immuntruppen hatten inzwischen ihre Helme aufgesetzt und sich vor meinen Stimmbändern und Sprachzentren positioniert, die erst einmal durch den erlittenen Schock vollständig lahmgelegt worden waren. Als eine der Putzfrauen den Kopf rausstreckte mit der Aufforderung an mich: „Würden Sie mal eben eine Schwester holen", und nach einer kurzen Atempause: „aber keine Lernschwester!" erwachte mein Sprachzentrum wieder. Ich erhob mich, um diese Bitte ins Schwesternzimmer zu tragen. Sofort folgte mir ein Weiß-kittel, blieb in gebührendem Abstand von der Zimmertür entfernt stehen und lauschte den Worten einer der sich im Keimzentrum befindlichen Mondfrauen. „Hier haben wir auch noch Schimmel in den Ecken. Den müssen wir getrennt bearbeiten. Das wird in der üblichen Zeit nicht zu leisten sein." Meine Nackenhaare versteiften sich, ich schluckte den ersten Kloß im Hals herunter und spürte, wie er sekundenschnell in der Magengrube zu einem ausge-wachsenen Stein heranreifte.

Eine Ärztin erschien mit Papierkram in ihren Händen. „Ist Ihr Zimmer noch nicht fertig?" fragte sie höflich. „Ich wollte Ihnen einige Fragen stellen und hier auf dem Flur halte ich das nicht für geeignet." „Alles richtig", begann ich, „mit einer Ausnahme. Das hier wäre mein Zimmer gewesen, wird es aber nicht sein. Selbst wenn sie den Kammerjäger kommen lassen, der das gesamte Keim- und Schimmelzimmer ausräuchert, setze ich keinen Fuß hinein. Stress habe ich draußen genug, und zwar ganz umsonst. Hier soll ich dafür noch 30 Euro täglich zuzahlen, um mich gedanklich mit den Viechern anzufreunden. Lange Rede, kurzer Sinn. Wenn Sie mir kein anderes Einzelzimmer anbieten können, würde ich mich widerwillig auf ein Zweibettzimmer einlassen. Sollte nichts frei sein, trete ich die Heimreise an."

Meine Rede verfehlte nicht ihre Wirkung. „Ich kümmere mich", war die knappe Antwort der Ärztin und schon lief sie, um ihren Chef zu holen. Der war in wenigen Minuten zur Stelle und startete bezüglich des Zimmers einen weiteren Versuch, indem er die Verantwortung für die Sicherheit meines Aufenthaltes in diesem Zimmer mit großen Worten übernahm. Ich aber blieb hart: „Die Verantwortung für meinen Körper kann nur ich übernehmen, solange mein Oberstübchen funktioniert. Kein Arzt und auch Sie nicht haften für irgendwelche Vorkommnisse in diesem Haus. Einer Ihrer Kollegen hat vor 6 Jahren die Verantwortung bei einer Darmspiegelung für meinen Vater übernommen. Der liegt seitdem auf dem Friedhof. Also bitte, keine frommen Sprüche! Mein Friedensangebot ist ein anderes Zimmer, wenn es gar nicht anders geht, eben auch ein Zweibettzimmer. Ansonsten entlasse ich mich selber nach Hause."

Nachdem man mich eine Etage höher noch einmal bis 15.30 Uhr in einem Wartebereich geparkt hatte, geleitete man mich endlich in ein recht kleines Zimmer mit schöner Aussicht, in welchem sich schon eine Patientin jüngeren Alters mit einer Besucherin befand. Erwartungsvolle Blicke klebten an mir, während mir die Schwester Schrank- und Technikbereich erklärte. Ich wusste, dass ich mich wie bei jedem Krankenhausaufenthalt in einem Zweibettzimmer mal wieder auf eine neue Familien-, Lebens- und Krankengeschichte eines wildfremden Menschen „freuen" durfte.

Außer einer Blutabnahme geschah an diesem Mittwoch nichts. Und wäre ich nicht trotz Essensausgabe an meine Nachbarin eigenfüßig hinter den Essensverteilern auf dem Flur hergelaufen, um anzumahnen, dass man mich übersehen hatte, wäre tatsächlich nichts mehr passiert und ich hätte als Einschlafübung nicht Schafe gezählt, sondern die Knurrgeräusche meines Magens.

So seltsam fremd ist mir die Welt

Ich stand im gelben Kostüm auf der Brücke. Übers Gelände gebeugt schaute ich hinab auf die Schienen. Das Leben hinter mir – Motorengeräusche, Hundegebell, Stimmen und Schritte – verhallte im Nichts. Meine Aufmerksamkeit galt allein der leeren Schiene unter mir in Erwartung eines Zuges. Und während ich wartete und wie erstarrt immer auf dieselbe Stelle einer Schiene blickte, hetzten meine Gedanken durch die Welt. Ich sah das Meer in Polen, das ich so liebte, menschenleer, den wunderbaren sauberen Strand, der mir Ruhe gab und meinen Träumen Flügel. Meine Großmutter saß da strickend, ihre Brille auf der Nase und ein Lächeln im Gesicht. Ein Scheinwerfer erfasste mich eine Sekunde lang und zerblitzte dieses Bild. Ich sah Merkel, wie sie einen riesigen Flüchtlingschor zu dirigieren versuchte, die Menschen ihre Münder bewegten, aber nicht einen Ton erzeugten. Gefährliche Augenpaare lagen auf den Schienen, unsympathisch und kalt, dunkel und hintergründig, rausgefallen aus den Köpfen Putins, Assads und Erdogans. Neben der Schiene lag ein totes Kind, über das sich seine Mutter beugte und ich hörte sie weinen. Ein LKW hinter mir brachte die Brücke zum Erzittern und ich schloss die Augen, um die Bilder zu löschen. Aber die Vibration erschuf eine noch schrecklichere Vorstellung. Zerbombte Häuser und Straßen, Explo-

sionen des Grauens, rennende Frauen und Kinder, die in derselben Sekunde, in der ich sie sah, tot daniederlagen. Zwei SS-Männer in Uniform zückten ihre Pistolen und zielten auf eine tote Frau. Ich spürte, wie mein Blick verschwamm und es dauerte einen Moment, bis ich wahrnahm, dass sich meine Augen mit Tränen füllten. Ich versuchte, in das Gesicht eines meiner Kinder zu schauen, doch ich wusste nicht mehr, wie es genau aussah. Die Verzweiflung darüber öffnete die Schleusen und Tränen tropften aus meinen Augen von der Brücke hinunter in die schwarze Nacht. Ich versuchte, mir meine andere Tochter vorzustellen, wie sie mir als Dreijährige pausbackig und total glücklich entgegenlief, als ich sie vom Opa im Schrebergarten abholen kam. Doch das beendete meinen Tränenfluss nicht, denn parallel dazu sah ich sie groß und schlank, wie sie erhabenen Hauptes die letzten Sachen in den VW-Bus trug und ohne einen Gruß ihr Zuhause für immer verließ. Ich hörte mich laut schluchzen und mit dem Fortwischen meiner Tränen wischte ich entschlossen mein eigenes Kind aus meiner Vorstellung. Diesen Schmerz wollte ich nicht zulassen. Er hatte schon zu oft meinen Lebensatem erstickt.

Ich löste meinen erstarrten Blick und fuhr langsam der Schiene nach, die mich bisher gefesselt hatte. Als würde sich ein Nebelschleier lichten, erkannte ich ein Metalltor mit der Aufschrift „Arbeit macht frei". Marschierende Stiefel im Gleichschritt, laute Kommandoschritte und kreischende angsterfüllte Schreie. Ein riesiger metallener Judenstern fiel einige Zentimeter vor mir runter auf die Schiene, nein, nicht auf die Schiene, in einen donnernden Waggon, der unter mir hervorquoll. Ich hatte den Stern noch greifen wollen, mich weit vorgebeugt mit ausgestrecktem Arm, dabei die Balance verloren und … stürzte haltlos kopfüber in einen riesigen Berg toter Körper.

„Auschwitz! Endstation!" hörte ich noch eine Männer-stimme schreien, dann schwanden mir die Sinne.

Über mir ein Gesicht, wie durch Watte das tiefe Gurgeln einer Stimme. Davon drang nur ein einziges Wort in mein Bewusstsein: „Gerettet". Mit letzter Kraft formte ich meine zitternden Lippen. „Verloren", sagte ich und schloss meine Augen.

Der polnische Panzerschrank

Ach, diesen Urlaub am Baltikum hatten wir uns redlich verdient. Mein neues Buch mit 167 Seiten ruhte sich übersetzt und korrigiert auf seinem Speicherplatz aus. Und wir machten uns voller Freude und Erwartung auf den Weg ins vierzehntägige Abenteuer. Aufgrund der wenig erfreulichen Erlebnisse vor, während und nach der Buchung per Internet und Telefon erwarteten uns sicher noch weitere Episoden vor Ort – denn wo ein Anfang war, befand sich auch ein Verlauf hin zu einem Ende.

Nach einer ruhigen Fahrt über Land – Autobahnen sind in meiner zweiten Heimat Polen ja noch Mangelware – kamen wir entspannt, jedoch schon mit empfangsbereiter Antenne vor dem Hotel an. Rücksichtsvoll parkten wir unser Auto seitwärts, um erst einmal einzuchecken, uns das Zimmer anzusehen und danach in Ruhe das Auto zu entladen. Das Hotel machte einen farbenfrohen Eindruck. Es war blau und zartgrün gestrichen und in U-Form erbaut. Direkt gegenüber dem Haupteingang befand sich der Hotelparkplatz, der mit einem Eisentor verschlossen und durch einen hohen Zaun gesichert war. Die Empfangshalle empfing uns blumenübersät. Verschiedenartige Orchideen ruhten blühend und in auffälliger Pracht in Porzellantöpfen vor dem riesigen Fensterbereich, auf den Tischen kunstvolle Vasen mit frischen Nelken. Selbst an Wänden klebten Blu-

men, und zwar auf ehrwürdigen alten Gemälden mit goldenen breiten Rahmen. Ein wenig schien es mir, als sei hier des Guten zu viel getan worden, aber geschmackvoll, kostbar und edel war das Inventar auf jeden Fall. Über uns hingen rechts und links zwei überdimensional große kristallene Kronleuchter, deren Durchmesser ich auf zwei Meter schätzte, was ich mir von einem Mann bestätigen ließ, da ja Frauen der Ruf anhängt, mit Größe und Entfernungen keinen Vertrag geschlossen zu haben.

Eine geschwungene Eichentreppe führte an einem der fast greifbaren Kronleuchter vorbei in den oberen Saal, der als Speisesaal, wahrscheinlich aber auch als Aufenthaltsraum für die Gäste gedacht war. Dort befanden sich nämlich ein Klavier, Mikrofone und Stromanschlüsse und eine gut ausgestattete Bar.

Einige ältere Herrschaften standen oder saßen auf geschwungenen, blumig gepolsterten Massivholzbänken, wir standen an der Rezeption und wurden gerade von einer schlanken großen, brünetten Dame angesprochen. Wir nannten unseren Namen und hielten nun weitere Mitteilungen für überflüssig. In gutem Deutsch fragte uns die Dame, ob wir unsere Anzahlung getätigt hätten. Als wir die Frage bejahten und noch die Worte „per Kreditkarte" hinzufügten, lautete ihre nächste Frage: „Können Sie das beweisen?" Obwohl ich für schnelle Reaktionen und spontane Antworten bekannt bin, blieb mir der Mund offen stehen. Volker reagierte dafür prompt: „Bin ich hier vor Gericht? Ich muss Ihnen gar nichts beweisen. Sie müssen mir jetzt Ihre Buchführung beweisen, denn trotz Ihres Versprechens, unsere Zahlung schriftlich zu belegen, wurde mir derzeit nach mehrmaligen Telefonaten mit verschiedenen Mitarbeitern der Zahlungseingang nur mündlich bestätigt." Sekundenschnell nahm unsere Empfangsdame die Höflichkeit eines Panzerschranks an, äußerte noch: „Das muss erst überprüft werden", und stellte uns wie eine alte

Lokomotive auf ein Nebengleis. Nach Wilhelm Busch war dieses der erste Streich – und der zweite folgte sogleich. Es wurde uns nach mehreren telefonischen Nachfragen, die der Panzerschrank nun tätigen musste, etwa zehn Minuten später bestätigt, dass unsere Zahlung vorlag. „Dann haben Sie jetzt noch die andere Hälfte zu zahlen, für den Parkplatz täglich 15 Zloty und zwei Zloty täglich für die Kurtaxe." „Das ist ja ganz was Neues", schaltete ich mich in das Gespräch ein. „Es wird doch wohl möglich sein, sich erst das Zimmer anzusehen." „Die Zimmer sind alle gleich möbliert, Sie bekommen Zimmer 305, jedoch den Schlüssel bekommen Sie erst nach Zahlung." „Und wenn ich mich weigere, vor Einzug ins Zimmer den Restbetrag zu zahlen?" fragte Volker mit schon lauter gewordener Stimme. „Dann bekommen Sie hier kein Zimmer", sprach sie, legte die Unterlagen zur Seite und wartete.

Und Volker wartete auch, nämlich auf mich. Ich war schon auf dem Weg in die dritte Etage zum Zimmer 305. Meine Überlegung bestätigte sich. Die Tür stand offen, und eine freundliche Putzfrau grüßte aus dem Zimmer heraus. Ich zögerte einen kurzen Moment, trat dann allerdings ein mit den Worten, ich wolle mir kurz angucken, was ich für mein Geld hier zu erwarten hätte. Die Frau verstand meine Rede nicht und begann mir mitzuteilen, dass das Zimmer noch nicht ganz fertig sei. Vielleicht noch eine Viertelstunde, meinte sie. Ich antwortete ihr, sie solle sich nicht stören lassen, schaute aus dem Fenster, das den Eingangsbereich des Hotels zeigte und warf einen kurzen Blick ins Bad, in dem ich leider nur eine Wanne entdeckte. Da das Hotel aber ein Schwimmbad besaß, war es mir egal, ob das Zimmer mit einer Dusche oder einer Wanne ausgestattet war. Ich schrieb auf mein Handy „o.k." und schickte das Signal an Volker, der sich jetzt sicher sein konnte, für das Geld ein sauberes Zimmer mit Bad zu bekommen.

Als ich wieder an der Rezeption ankam, war das „schlechte Aushängeschild" gerade mit der Finanz- und Kreditkartenaktion beschäftigt. Volker stand wortlos dabei, aufmerksam wie ein Luchs und nickte mir zu. Ich entnahm seinem Nicken, dass jetzt, da er sein Portemonnaie geöffnet hatte, alles seinen hier üblichen Gang nahm und sorgte schon einmal für einen Kontakt mit ebenfalls angereisten Gästen, vermutlich so um die Siebzig. Da ich hier nie wusste, ob es sich um polnisch- oder deutschsprachige Leute handelte, versuchte ich es erst in der Landessprache. Die Fragezeichen in den Augen des Mannes klärten mich allerdings sofort über seine Herkunft auf, und ich bediente mich also meiner Muttersprache. Es war nicht schwer zu erkennen, dass dieses Ehepaar auch schon Panzerschrank-Kontakte durchlitten hatte, denn es äußerte sich befremdet über seine Begrüßungserlebnisse.

„Statt mit einem Glas Sekt zur Begrüßung wird man hier erst einmal um etliche Euros leichter gemacht. Und in welchem Ton!" redete mich der ältere Herr an. Seine Frau stand bei seiner Rede nur kopfschüttelnd daneben. „Ja", bestätigte ich ihm, wir mussten auch schon strammstehen. „Es sieht so aus, dass das erst der Anfang eines sehr erlebnisreichen Urlaubs ist", beendete ich für den Moment meine Ausführungen. Volker war fertig und auf dem Weg zu mir. Für den Moment zufriedengestellt, konnte jetzt der Urlaub beginnen. „Schlucken wir mal den ersten Ärger herunter. Stress soll ja nicht gut für eine Erholung sein", verabschiedete ich mich, lächelte der stummen Frau noch einmal freundlich zu und ging Volker entgegen. „Das haben sie jetzt davon", hörte ich ihn als Erstes sagen. „So ist das, wenn man den Hals vor lauter Geld nicht voll bekommt. Hier werden keine Gäste bedient und zufriedengestellt, hier werden lediglich Portemonnaies geplündert. Vor lauter Gier haben sie zwar alles berechnet, aber die Parkgebühren nicht einbehalten. Das sind ja tolle europäische Zustände! Wo ist denn die berühmte polnische Gastfreundschaft geblieben?" „Die haben sie unter den Geldbündeln erstickt", war meine prompte Antwort. „Lass gut sein, beginnen wir unseren Urlaub. Schütteln wir den Ärger ab und freuen uns auf das, was der Urlaub an Erfreulichem zu bieten hat."

Und das war dann auch bei gutem Wetter, Strand, Sonne und Meer eine Menge, befand sich allerdings auch weiterhin nur außerhalb der Hotelmauern.

Mist-Idylle

Das waren noch Zeiten, als der natürliche Kreislauf die Grundlage für das Wachsen und Gedeihen auf den Feldern war. Die Donnerbalken in den Ställen oder weit ab hinten im Garten sammelten das biologische Gut, häuften es an bis zur Rückmeldung am Allerwertesten und gaben so Kunde von der Erfolgsgeschichte einer Endlagerung, die den Alptraum über AKWs, Castor-Transporte und Gorleben erst in der Zukunft träumen würde. In der damaligen Entsorgung von Gütern war höchstens eine Familienchronik begraben, die Aufschluss gab über die Ernährungs- und Verdauungsgewohnheiten der Stammesmitglieder. Zu einem Sitzstreik auf dem Weg zum „stillen Örtchen" kam es da nicht etwa deshalb, um andere an der Erlangung ihrer Erleichterung zu hindern, sondern nur dann, wenn das Besetztzeichen von innen erklang, während der angehende Okkupant schon die Entspannung seiner äußeren Muskulatur in Auftrag gegeben hatte. Dann hieß es zusammenkneifen, was das Zeug hielt oder schlimmstenfalls von einer Sitzblockade auf dem Boden Gebrauch machen. Bei älteren Leuten konnten in diesem Zusammenhang schon einmal kleine bis große explosionsartige Unfälle passieren.

Ich hatte das Glück, eine Zeitmaschine zu besitzen, mit der ich von Kind an stets zur Sommerferienzeit in die Ver-

gangenheit reisen durfte. Sie war leider nicht auf Zukunft programmiert, und so gab es immer nur die Fahrt aus der Gegenwart in die etwa 20 Jahre zurückliegende Vergangenheit. Man brauchte nur „Polen" einzugeben und sich etwa zehn bis dreizehn Stunden zu gedulden, bis das technisch noch nicht ganz ausgereifte Gerät den Zielort erreichte. Man stieg dort entweder an einem von den dortigen Bewohnern bezeichneten dworzec[1] aus oder man landete in einer farblosen, ruinenhaften Sandwüste und war dann laut Aussage der dortigen Menschen na wsi[2]. Die beiden Zielpunkte der Reise unterschieden sich für mich hauptsächlich dadurch, dass es um den dworzec herum vierrädrige autoähnliche Gefährte gab, na wsi jedoch so gut wie keine. Dort rumpelten stattdessen Pferdewagen herum und transportierten Getreide, Möbel, Obst, Gemüse und sonstige Dinge, die ich auch aus meiner Welt kannte. Aber ganz gleich, für welches Ziel man sich auch entschied, alles war irgendwie schwarz, grau, dunkel, traurig und vorrangig kaputt – durchlöcherter Asphalt, Gebäude mit abgeplatzten Betonecken, zerklüftete Treppenstufen, zerbröselte Mauern und Wände, etwa so, als wären Hänsel und Gretel schon da gewesen und hätten aus ihnen riesige Lebkuchen entnommen. Das schien hier allerdings ganz normal zu sein und niemanden zu interessieren. Die Menschen küssten und umarmten sich und mich und hießen mich so herzlich willkommen, dass ich mir vornahm, mich weniger um ihre Architektur als vielmehr um sie und ihre besondere Lebensweise zu kümmern.

Ich brauchte nicht lange, um zu begreifen, dass ich in der Zeit der Plumpsklos, auch Donnerbalken genannt, angekommen war. Hier hießen sie nur anders als früher bei uns, nämlich wychodek oder kibel, funktionierten aber nach genau demselben Prinzip: Holzbude mit Tür, Holzkiste mit

---

[1] Bahnhof
[2] auf dem Land

zu öffnendem runden Deckel, Griff dran, Klorolle auf der breiten Sitzkiste liegend. Da aber hier – wie gesagt – alles eher kaputt war, gab es dann auch kein Schloss von innen und keinen Riegel Der Griff des Deckels war zerbrochen und im Holzboden befanden sich zwei Löcher. Was aber das Schlimmste war, verglichen mit der Zeit, aus der ich kam: Unsere Toiletten besaßen zum Teil Fenster, an denen Gardinen hingen. Hier hatten dafür Spinnen wahllos ihre leider nur wenig dekorativen Netze gespannt.

Schon meine erste Reise in die Vergangenheit bescherte mir das Wissen über ganz natürliche Vorgänge und Abläufe, die ich nur von Erzählungen meiner Vorfahren erinnerte und die mir erst hier richtig bewusst wurden. Während meines Aufenthalts passierte nämlich folgendes: Alle von einer Familie und ihren Mitgliedern in dem kibel hinterlassenen Machenschaften lagerten scheinbar schon eine ziemliche Zeitlang in einem Erdloch hinter der brüchigen Holzhütte, dem gnojnik[1], auf dem ein großer Holzdeckel die Sicht auf den menschlichen Misthaufen verbarg. Was allerdings nicht verborgen blieb, war der stechende, scharfe und abstoßende Gestank, der sich trotz Holzdeckel durch jede kleine und große Pore und Ritze seinen Weg nach draußen suchte und mit Vorliebe in den Nasen der umherstehenden oder vorbeilaufenden Menschen Platz nahm. Die Kinder in dieser Welt ohne Wasserspülung tobten beim Spiel im Garten wie überall auch auf dem geschlossenen gnojnik herum, ohne sich darüber bewusst zu sein, was da unter ihren Füßen lebte. Wenn dann allerdings ihr Großvater oder Vater die unangenehme Pflicht übernahm, die Familiengrube zu leeren, war alles, was Kinderbeine hatte, schnellstens in den Häusern verschwunden. Niemand wollte sich dem bestialischen Gestank aussetzen, den der Metalleimer mit Holzstiel bei seiner Schaufelarbeit erzeugte. Es galt nun nämlich, die seltene

---

[1] Jauchegrube

Kostbarkeit in Fässer zu füllen und ihren Transport zum Feld oder in den Garten vorzubereiten. Dort warteten das Getreide, die Rüben- und Kartoffelfelder schon auf ihre Düngung. Ich staunte nicht schlecht, am Ziel der „stinkenden Fracht" alte und gebückte, zumeist schwarz gekleidete Frauen anzutreffen, die bei der Endlagerung der erlesenen menschlichen Abfälle halfen.

Als mich am nächsten Morgen na wsi nicht *ein* Hahn, sondern ein ganzes Hahnenkonzert weckte, empfand ich das von allen Seiten zu mir dringende kukuryku[1] wie die orchestrale Dankeshymne an mich, endlich einmal die Historie ihrer morgendlichen Wohnstätte, des kupa gnoju[2], gebührend gewürdigt zu haben. Dafür hatte *ich* begriffen, wie nah sich Mensch und Tier in Sachen Abfallproduktion kommen. Meine Zeitmaschinenreisen schärften meinen Blick für die Gleichheit aller Menschen, denn jeder einzelne hinterlässt einen Erinnerungswert von fünf Tonnen und eine Kompos(t)itionsmenge von über 600.000 Klangereignissen, wenn er sich von dieser Welt verabschiedet.

Man muss also nicht erst Politiker werden, um einen Haufen Mist zu hinterlassen.

---

[1] Kikeriki
[2] Misthaufen

In der Regel wird heute bei der Therapie eines Schleudertraumas eine kurze Schonzeit von bis zu drei Tagen verordnet. Meist bedarf ein Schleudertrauma keiner besonderen Behandlung. Wichtig ist, keine Schonhaltung einzunehmen, da ansonsten langfristige Folgen möglich sind.

Allen Lesern und Leserinnen wünsche ich „Gute Besserung".

Biographisches

Barbara Erdmann, gebürtige Gladbeckerin; Studium der Pädagogik (Deutsch, Religion, Psychologie, Musik); Dirigentin mehrerer Orchester und Kinderchöre; Bloggerin und Buchautorin von Sachbuch (Bildung, Gesellschaft, Politik) über Lyrik, Roman, Fotobuch, Ratgeber bis hin zum LACHBuch; seit 1988 veröffentlichte sie 15 Bücher; Vorträge über Bildung und Erziehung in Deutschland; Studium der polnischen Sprache an der Adam Mickiewicz Universität (AMU) in Poznan; in Polen tätig in Sachen Literatur, Kultur und Bildung; Lesungen, Vorträge, Gastunterricht an deutschen und polnischen Institutionen und Schulen; Beisitzerin an der AMU Poznan für studentische Prüfungen in der deutschen Sprache; Initiatorin des ehemaligen kulturTREFFsauerland; verheiratet, zwei Töchter; wohnhaft in Gladbeck und Poznan.

„Man trägt doch eine eigentümliche Kamera im Kopfe, in der sich manche Bilder so tief und deutlich einätzen, während andere keine Spur zurücklassen."
Bertha von Suttner, Schriftstellerin (1843 – 1914)

www.denk-blog.de
www.b-erdmann.de

Bücherzeichnis Barbara Erdmann:

„Hoffnungswind" (Lyrik & Prosa)
Jahn & Ernst Verlag 1988, ISBN 3-925 242-43-0

„Deutschlands kaputte Kinder" (Sachbuch)
BoD 2003, ISBN 3-8330-1013-4

„Kinder wieder ganz machen" (Sachbuch)
BoD 2005, ISBN 3-8334-2774-4

„Polen – meine zweite Haut" (Foto-Lyrik-Prosa)
BoD 2008, ISBN 978-3-8370-2676-4

„Posen – meine zweite Haut" (Foto-Lyrik-Prosa)
BoD 2008, ISBN 978-3-8370-5883-3

„...hätte aber die Liebe nicht..." (Lyrik)
Geest-Verlag 2009, ISBN 978-3-86685-169-6

„Im Labyrinth der Liebe" (Lyrik)
Sorus-Verlag 2009, ISBN 978-83-89949-63-9

„Und weiter fließt die Oder" (deutsch-polnische
Geschichten)
Sorus-Verlag 2010, ISBN 978-83-89949-91-2

lyrische deutsch-polnische Co-Produktion mit der Poetin Anna Zalewska:
„Traumstraßen" Flos Carmeli 2010,
ISBN 978-83-61727-39-2

„Deine letzte Träne" (biographischer Roman)
BoD 2010, ISBN 978-3-931300-30-2

gemeinsam mit ihrem Ehemann Walter Erdmann:
Pisspottschnitt und Zöpfe (Dönekes aus'm Ruhrpott)
Shaker-Media 2012, ISBN 978-3-86858-869-9

„AMOR – bitte kommen!" (Ratgeber für Singles) Edition
Paashaas Verlag, 2013, ISBN 978-3-942614-51-1

„Ein Mensch seine Frau sieht ROTH" (illustriertes LACHBuch) BoD 2014, ISBN 978-3-7357-1790-0

„Die Asche der Demokratie" (politisches Sachbuch) BoD 2017, ISBN 978-3-7431-8973-7